Alexander Puschkin, geboren am 26. Mai 1799 in Moskau, ist am 29. Januar 1837 in St. Petersburg gestorben.

Daß Petersburg Rußlands »Fenster nach Europa« sei, steht in Puschkins Poem *Der eherne Reiter* – laut Untertitel »Eine Petersburger Erzählung«, die erste der russischen Literatur. Ebenfalls ganz oder teilweise in Petersburg spielen die berühmten Novellen *Der Postmeister, Pique Dame*, das Fragment *Ägyptische Nächte*, die Erzählung *Das einsame Häuschen auf der Basilius-Insel* und die ebenso amüsante wie kunstvoll gereimte Anekdote vom *Häuschen in Kolomna*. So ist in diesem Band vor dem Hintergrund Petersburgs der Dichter und Prosaist ebenso vertreten wie der ernste und der heitere Puschkin.

insel taschenbuch 2872

Alexander Puschkin

Der eherne Reiter

Alexander Puschkin
Der eherne Reiter

Petersburger Erzählungen

Ausgewählt
und mit einem Nachwort versehen
von Rolf-Dietrich Keil

Insel Verlag

Umschlagabbildung: Wassily Surikow, Denkmal Peters des Großen auf dem Senats-Platz in Petersburg, 1870, Ausschnitt.

Klimaneutral
Druckprodukt
ClimatePartner.com/14438-2110-1001

7. Auflage 2022
Insel Verlag Berlin

Erste Auflage 2003
insel taschenbuch 2872

Vertrieb durch den Suhrkamp Taschenbuch Verlag
Umschlag nach Entwürfen von Willy Fleckhaus
Satz: Memminger MedienCentrum AG
Druck: CPI books GmbH, Leck
Printed in Germany
ISBN 978-3-458-34572-5

www.insel-verlag.de

Inhalt

Das einsame Häuschen auf der Basilius-Insel

Wer je einmal rund um die ganze Basilius-Insel gewandert ist, der hat ohne Zweifel bemerkt, wie wenig deren verschiedene Seiten sich gleichen. Nehmen Sie das Südufer, das von einer üppigen Reihe riesenhafter Bauwerke aus Stein bestanden ist, und die Nordseite, die auf die Petersinsel blickt und sich als langgezogene Landzunge bis an die verschlafenen Wasser der Bucht erstreckt. Je näher man diesem Ende kommt, desto seltener werden Häuser aus Stein, an ihre Stelle treten Hütten aus Holz; zwischen diesen Hütten lugt Ödland hervor; schließlich hört jegliches Bauwerk auf, und Sie folgen einer Reihe weitläufiger Gemüsegärten, an die linkerhand spärliches Gehölz grenzt; diese führt Sie bis zur letzten Anhöhe, die von ein, zwei armseligen Häusern und einigen Bäumen geziert wird; ein Graben, von hohen Brennesseln und Disteln bewachsen, trennt die Anhöhe von dem Erdwall, der als Schutz vor Überschwemmungen dient; dahinter erstrecken sich Wiesen, morastig wie Sumpf, die den Meeresstrand bilden. Sind diese öden Gestade schon im Sommer traurig, wieviel mehr sind sie es erst im Winter, wenn die Wiesen, das Meer und der Kiefernwald, der die gegenüberliegenden Ufer der Petersinsel beschattet – wenn alles unter grauen Schneewächten begraben liegt wie unter einem Grabhügel.

Vor einigen Jahrzehnten, als dieser Teil der Vorstadt noch weiter ablag, lebte in einem niedrigen, aber reinlichen Holzhaus nahe der besagten Anhöhe eine alte Frau, Witwe eines Beamten, der in – ich weiß nicht mehr, welchem Kollegium gedient hatte. Nachdem er den Dienst quittiert, hatte er dieses Häuschen samt einem Gemüsegarten gekauft in der Absicht, ein wenig Landwirtschaft zu betreiben; der Tod indes verhinderte die Ausführung seiner weiteren Pläne; die Witwe sah sich alsbald gezwungen, alles bis auf das Häuschen zu verkaufen und von der kleinen Hinterlassenschaft zu leben, die durch das unschuldige, bisweilen vielleicht auch sündige Treiben des Verstorbenen zusammengekommen war. Ihre gesamte Familie bestand aus einer Tochter und einer hochbetagten Dienerin, die als Zofe und Köchin zugleich bei ihr in Diensten stand. Fernab der Welt führte sie ein stilles Leben, das bei all seiner Eintönigkeit glücklich erscheinen mochte. An Feiertagen Kirchgang; an Werktagen frühmorgens bei der Arbeit; nach dem Essen strickt die Mutter an ihrem Strumpf, die junge Vera liest ihr aus den Menäen und anderen heiligen Büchern vor oder legt mit ihr gemeinsam die Karten – ein Zeitvertreib, der unter Frauen auch heute noch im Schwange ist. Vera hatte längst das Alter erreicht, in dem junge Mädchen, wie der Volksmund sagt, daran denken, unter die Haube zu kommen; doch Hauptzug ihres Wesens war die kindliche Reinheit des Herzens; sie liebte die Mutter, liebte aus Gewohnheit ihre alltäglichen Verrichtungen und hegte, mit der Gegenwart zufrieden, hinsichtlich der Zukunft in ihrem Innern keine finsteren Ahnungen. Die alte Mutter dachte anders: bekümmert besann sie sich ein ums andere Mal auf ihr vorgerücktes Alter, verzweifelt blickte sie auf die voll erblühte Schönheit ihrer zwanzigjährigen Tochter, die in der armseligen Abgeschiedenheit nicht hoffen konnte, je einen Beschützer und Gatten zu finden. All dies versetzte sie so manches Mal in Trauer und ließ sie insgeheim weinen; mit anderen alten Frauen pflegte sie, ich weiß nicht warum, nur höchst ungern Umgang, weshalb diese wiederum auch ihr nicht allzu gewogen waren; sie erzählten, sie habe mit ihrem Manne aufs Ende zu ein schlechtes Leben geführt, ein verdächtiger Freund sei oft gekommen, um sie zu trösten; ihr Mann sei eines plötzlichen

Todes gestorben und – weiß Gott, was üble Nachrede nicht noch alles erfindet.

Die Einsamkeit, in der Vera mit ihrer Mutter lebte, wurde bisweilen aufgehellt durch die Besuche eines jungen, recht entfernten Verwandten, der einige Jahre zuvor aus seinem Dorf gekommen war, um in Petersburg in Dienst zu treten. Nennen wir ihn Pavel. Pavel nannte Vera seine kleine Schwester, liebte sie, wie jeder junge Mann ein wohlansehnliches, liebreizendes Mädchen liebt, war ihrer Mutter gefällig, in deren Augen er, wie man so sagt, als Anwärter galt. Doch an eine Verbindung mit ihm war nicht zu denken: er konnte die Familie auf der Basilius-Insel nämlich nicht oft besuchen. Zwar hinderten ihn daran weder der Dienst noch Geschäfte: das eine wie das andere betrieb er höchst nachlässig; sein Leben bestand nahezu ununterbrochen aus Mußestunden. Pavel gehörte zu jenen vernunftbegabten jungen Männern, die Überfluß an zwei Dingen nicht ausstehen können: an Zeit und an Geld. Und wie es so Sitte ist, suchte und fand er bald hilfreiche Freunde, die ihn dieser völlig überflüssigen Bürden nur zu gern entledigten und ihm, auf seine Kosten, halfen, die Zeit totzuschlagen. Kartenspiel, fröhliche Zusammenkünfte, nächtliche Spazierfahrten – alles ward zu Hilfe gerufen; und Pavel war unter den Sterblichen der Glücklichsten einer, denn er bemerkte nicht einmal, wie Tag für Tag und Monat für Monat verstrichen. Selbstverständlich ging es auch nicht ohne Unannehmlichkeiten ab: mal herrschte Leere im Portemonnaie, mal regte sich im Innern das Gewissen, sei es als Reue oder als düstere Ahnung. Um an dieser neuen Bürde leichter zu tragen, hielt er zunächst an der Gewohnheit fest, Vera zu besuchen. Aber wie hätte er sich ohne Skrupel vergleichen können mit diesem unschuldigen und tugendhaften Mädchen?

Also mußte nach einem anderen Ausweg gesucht werden.

Und er hatte ihn bald gefunden in einem Kumpan seiner nächtlichen Lustbarkeiten, den er sich zum Freunde machte. Dieser Freund, den Pavel unter dem Vornamen Varfolomej kannte, stiftete ihn oft zu Streichen an, die dem einfältigen Pavel von selbst nie in den Sinn gekommen wären; dafür verstand es dieser auch immer, gefährliche Folgen von ihm abzuwenden; das erste und unumstrittene Recht Varfolomejs auf den Titel eines Freundes aber bestand darin, daß er unseren Jüngling bei Bedarf mit einer Sache versah, deren Überfluß beschwerlich, deren Mangel jedoch weit beschwerlicher ist – nämlich mit Geld. Er besorgte Geld mit derart leichter Hand und rasch und unter allen Umständen, daß Pavel in diesem Punkt manch seltsamer Verdacht beschlich; mehrmals beschloß er sogar, dieses Geheimnis auszuforschen und Varfolomej selbst zu befragen; doch sobald er auch sein Verhör beginnen wollte, entwaffnete ihn jener mit nur einem Blick. Zudem dachte Pavel: »Was geht es mich an, wie er das Geld beschafft? Bin doch nicht ich es, der für ihn nach Sibirien geht... oder in die Hölle!« – setzte er heimlich, unhörbar für sein Gewissen, hinzu. Außerdem verfügte Varfolomej über die Kunst zu überzeugen wie über die Kraft zu gefallen, wiewohl sich in seinen unvermittelten Ausbrüchen nicht selten Hartherzigkeit zeigte. Ich vergaß hinzuzufügen, daß er nie in einer rechtgläubigen Kirche gesehen wurde; doch war auch Pavel nicht sonderlich fromm; und Varfolomej hatte mehr als einmal gesagt, er gehöre unserem Glaubensbekenntnis nicht an. Kurz, unser Jüngling ergab sich schließlich ganz dem Einfluß des von ihm gewählten Freundes.

Eines Sonntags, nach einer in Lustbarkeiten verlorenen Nacht, erwachte Pavel spät vormittags. Reue und Zweifel hatten ihn lange nicht mehr so gequält. Sein erster Gedanke war, in die Kirche zu gehen, in der er lange, lange nicht mehr gewesen war. Ein Blick auf die Uhr jedoch belehrte ihn, daß er die Messe verschlafen hatte. Die helle Sonne strahlte hoch vom heißen sommerlichen Firmament. Unwillkürlich dachte er an die Basilius-Insel. »Wie bin ich schuldig vor der Alten, – sagte er zu sich selbst, – ich war das letzte Mal bei ihr, da war der Schnee noch nicht getaut. Wie schön wäre es jetzt in dem einsamen Bauernhaus. Die liebe Vera! sie liebt mich, vielleicht betrübt es sie, mich so lange nicht gesehen zu haben, vielleicht...« Er dachte nach und beschloß, den Tag auf der Insel zu verbringen. Doch kaum hatte er, angekleidet, den Hof verlassen, als ihm, wer weiß woher, Varfolomej entgegenkam. Pavel war die Begegnung unangenehm; aber es gab kein Zurück.

– Ich will zu dir, Freund! – rief Varfolomej ihm schon von weitem zu; ich wollte dich dorthin mitnehmen, wo wir vorgestern waren.

– Ich habe heute keine Zeit, – gab Pavel spröde zur Antwort.

– Wie reizend, keine Zeit! Du willst mir doch nicht weismachen, du hättest zu tun? Unsinn! gehn wir.

– Ich sage dir, ich habe keine Zeit; ich muß eine Verwandte besuchen, – sagte Pavel, indem er seine Hand der kalten Hand Varfolomejs entzog.

– Ja! ja! die hatte ich ja ganz vergessen, deine Hexe von der Basilius-Insel. Dabei weiß ich von dir, daß dein Schwesterlein ziemlich hübsch sein soll; sag mir bitte, wie alt ist sie?

– Woher soll ich das wissen? ich habe sie nicht zur Taufe getragen!

– Ich habe, seit ich denken kann, noch niemanden zur Taufe getragen, und trotzdem kann ich das Alter aller meiner Bekannten der Reihe nach hersagen, deins wie das von allen meinen Kumpanen.

– Um so besser für dich, aber...

– Aber darum geht es nicht, – unterbrach ihn Varfolomej, – ich habe schon immer mal dorthin gewollt, mit deiner Hilfe. Das Wetter heute ist wunderbar; ich würde gern spazierenfahren. Nimm mich mit.

– Nein, wirklich, ich kann nicht, – antwortete Pavel mißvergnügt, – man mag dort keine Fremden. Leb wohl, ich habe keine Zeit zu verlieren.

– Hör zu, Pavel, – sagte Varfolomej, ihn erzürnt mit der Hand aufhaltend, und warf ihm jenen Blick zu, der auf den schwachen Jüngling eine unfehlbare Wirkung ausübte. – Ich kenne dich nicht wieder. Gestern noch bist du gehüpft wie eine Elster, und heute bläst du dich auf wie ein Truthahn. Was soll das bedeuten? Ich habe dich überallhin mitgenommen – aus Freundschaft; deshalb kann ich von dir dasselbe verlangen.

– So! – antwortete Pavel verstört, – aber ich kann das heute nicht erfüllen, weil... weil ich weiß, daß es für dich dort sehr langweilig wird.

– Leere Ausflüchte; wenn ich dorthin will, wird es auch nicht langweilig. Nimm mich mit, unbedingt. Sonst bist du mein Freund nicht mehr.

Pavel war in großer Verlegenheit; schließlich faßte er sich ein Herz und sagte:

– Hör zu, du bist mein Freund! aber in Fällen wie diesem, weiß ich, ist dir nichts heilig. Vera ist ein gutes Mädchen, untadelig wie ein Engel, aber von schlichtem Gemüt. Gibst du mir dein Ehrenwort, daß du nicht deine Netze auswirfst über ihre Unschuld?

– Sieh einer den Buhler als Anwalt, – unterbrach Varfolomej mit einem satanischen Lachen. – Es gibt, mein Freund, auch ohne sie genügend schlechte Mädchen in der Stadt. Was soll das Gerede? Mein Ehrenwort gebe ich dir nicht: du mußt mir glauben oder dich mit mir überwerfen. Nimm mich mit oder – gib mir die Linke.

Der junge Mann blickte in das angsteinflößende Gesicht Varfolomejs, besann sich, daß sowohl seine Ehre als auch sein gesamtes Vermögen in der Hand dieses Menschen lagen und daß Streit mit ihm seinen Untergang bedeuten würde; sein Herz erbebte; er brachte noch einige Einwände vor – und willigte ein.

Die Alte war Pavel von ganzem Herzen dankbar für die neue Bekanntschaft; der gesetzte, sorgsam gekleidete Freund gefiel ihr über die Maßen; sie sah in ihm, ganz nach ihrer Gewohnheit, einen geeigneten Bräutigam für ihre Vera. Der Eindruck, den Varfolomej auf letztere machte, war weniger vorteilhaft: sie beantwortete seine Verbeugung mit einem scheuen Gruß, und ihre lebhaften Wangen bedeckten sich sogleich mit Blässe. Varfolomejs Züge waren Vera bekannt. Zweimal, beim Verlassen des Gotteshauses, hatte sie, erfüllt von Demut und frommen Gefühlen, ihn an einer steinernen Säule im Kirchhof stehen und einen Blick auf sie richten sehen, der alle frommen Gedanken mit einem Mal abgeschnitten und, wie eine Wunde, in ihrer Seele eine Narbe hinterlassen hatte. Doch nicht die Macht der Liebe war es, mit der dieser Blick das arme Mädchen gefesselt hätte, es war eine ihr selbst unerklärliche Angst. Varfolomej war von stattlichem Wuchs, hatte ein regelmäßiges Gesicht; doch dieses Gesicht gab nicht, wie der Spiegel, die Seele wieder, vielmehr verbarg es, gleich einer Maske, deren ganze Bewegung; und auf seiner dem Scheine nach ruhigen Stirn hätte Gall untrüglich das Organ der Hoffart erkannt, des Lasters der Verworfenen.

Übrigens gelang es Vera, ihre Verlegenheit zu verbergen, und kaum jemand hätte sie bemerkt, außer Varfolomej. Er begann ein allgemeines Gespräch und war liebenswürdiger, geistreicher denn je. Die Stunden verflogen unbemerkt; nach dem Essen wurde ein gemeinsamer Spaziergang ans Meer vorgeschlagen, wonach alle ins Haus zurückkehrten und die Alte sich an ihre abendliche Lieblingsbeschäftigung begab – ans Kartenlegen. Aber sosehr sie sich auch mühte, just an diesem Abend wollte nichts aufgehen. Varfolomej trat zu ihr und ließ seinen Freund in der anderen Ecke des Raums im Gespräch mit Vera zurück. Da er der Alten den Ärger ansah, bemerkte er, daß mit ihrer Art, Karten zu legen, die Zukunft nicht zu erfahren sei, daß die Karten vielmehr, so wie sie eben lägen, die Vergangenheit anzeigten. »Ach mein Lieber! ich sehe, Sie sind ja ein Meister; erklären Sie mir, was zeigen sie denn?« – fragte die Alte mit einem Anflug von Mißtrauen. – »Nun, Folgendes« – antwortete er, zog einen Sessel heran und sprach lange und leise. Was er ihr gesagt hat? Weiß Gott, doch es endete damit, daß sie von ihm geheimste Einzelheiten vom Leben und Dahinscheiden ihres verstorbenen Lebensgefährten zu hören bekam, die nur Gott und ihr allein bekannt sein konnten. Der kalte Schweiß trat in die Runzeln ihres Gesichts, die grauen Haare standen ihr unter dem Häubchen zu Berge; zitternd schlug sie das Kreuz. Varfolomej ließ eilig von ihr ab; mit der früheren Ungezwungenheit mischte er sich in das Gespräch der Jugend, und gewiß hätte die Plauderei bis Mitternacht gewährt, hätten es unsere Gäste nicht plötzlich eilig gehabt bei der Vorstellung, daß bald die Brücken aufgezogen und sie dann unter freiem Himmel würden übernachten müssen.

Wir wollen nicht die vielen anderen Begegnungen beschreiben, die unsere Freunde den Sommer über gemeinsam auf der Basilius-Insel hatten. Es genügt zu wissen, daß es Varfolomej im Verlauf dieser Zeit mehr und mehr gelang, sich ins Vertrauen der Witwe zu stehlen; die gutmütige Vera, gewohnt, den Gefühlen ihrer Mutter blind zu trauen, vergaß allmählich den unangenehmen Eindruck, den der Unbekannte anfangs auf sie gemacht hatte, wohingegen Pavel Gegenstand ihrer unverhohlenen Bevorzugung blieb, und um die Wahrheit zu sagen, hierfür gab es Gründe: die häufigen Begegnungen mit der jungen Verwandten übten auf den Jüngling einen überaus vorteilhaften Einfluß aus; er begann, sich fleißiger dem Dienst zu widmen, mied die zahlreichen liederlichen Bekanntschaften, mit einem Wort, er hatte plötzlich den Wunsch, ein anständiger Mensch zu werden; andererseits erlag sein sorgloses Gemüt der Gewöhnung, und zuweilen schien ihm, als könne er mit einer Ehefrau wie Vera glücklich werden.

Daß dieses reizende Mädchen ihn seinem Freunde vorzog, hätte, so schien es, den unbändigen Stolz Varfolomejs kränken müssen; doch er äußerte nicht nur kein Mißfallen, sondern verkehrte mit Pavel nur um so freundschaftlicher und zärtlicher; Pavel, der ihm mit aufrichtiger Freundschaft zurückzahlte, hatte sämtliche Zweifel an Varfolomejs Absichten in den Wind geschlagen, beherzigte jeden seiner Ratschläge, vertraute ihm jedes Geheimnis seines Herzens. Einmal kam beider Rede auf die gegenseitigen Vorzüge und Schwächen – was in einer Unterhaltung von Freunden unter vier Augen durchaus üblich ist. »Du weißt, ich liebe keine Schmeichelei, – sagte Varfolomej, – aber ich sage dir offen, mein Lieber, daß ich an dir in jüngster Zeit eine sehr vorteilhafte Veränderung bemerke; und nicht nur ich, viele sagen, du seist in den letzten sechs Monaten mehr gereift als andere in sechs Jahren. Dir fehlt nur noch eines: Lebensart. Spotte nicht über dieses Wort: ich war selbst nie ein Freund der großen Welt, ich weiß, sie ist nichtig, eine Null; aber diese Null verzehnfacht den Wert der Eins. Ich ahne, was du einwenden willst: du trägst dich mit dem Gedanken, Vera zu heiraten«… (bei diesen Worten hielt Varfolomej, gleichsam gedankenverloren, einen Augenblick inne)… »du trägst dich mit dem Gedanken, sie zu heiraten, – fuhr er fort, – und willst von nichts anderem mehr wissen als vom Familienglück und der Liebe deiner künftigen Gattin. Das ist es ja: ihr jungen Leute stellt euch vor – einmal geheiratet, und der Ball sei zu Ende; dabei fängt er dann erst an. Merk dir, was ich sage – hast du ein Jahr mit deiner Frau verbracht, fallen dir die Menschen wieder ein; doch dann wird es weit schwieriger, Aufnahme in die Gesellschaft zu finden. Und du bist auf die Menschen angewiesen, als Familienvater schon gar: ohne Protektion erreichst du bei uns nichts, nicht einmal Gerechtigkeit. Mag sein, noch schreckt dich der klangvolle Name: die große Welt! Aber keine Sorge: sie ist ein Zirkuspferd; es ist ganz friedfertig, erscheint aber gefährlich, weil es seine Gewohnheiten hat, denen man sich anpassen muß. Doch was soll ich lange Worte verlieren? Überzeuge dich von ihrer Richtigkeit lieber durch eigene Anschauung. Übermorgen ist eine Soiree bei der Gräfin I... Du hast Gelegenheit, daran teilzunehmen. Ich war gestern bei ihr, wir sprachen über dich, und sie sagte, sie wünsche deine unschätzbare Person kennenzulernen.«

Diese Worte, die gleich Gift die Kraft besaßen, das Innerste nach außen zu kehren, verkehrten alle früheren Pläne und Wünsche des Jünglings in ihr Gegenteil; er, der sich noch nie in der großen Welt bewegt hatte, beschloß, sich in diesen Wirbel zu stürzen, und am festgesetzten Abend sah man ihn bereits im Salon der Gräfin. Ihr Haus stand in einer wenig belebten Straße und stellte äußerlich nichts Besonderes dar; innen dagegen – die luxuriöseste Einrichtung, Illumination. Varfolomej hatte Pavel im voraus gewarnt, auf den ersten Blick werde ihm manches merkwürdig erscheinen: die Gräfin sei nämlich erst vor kurzem aus fremden Landen eingetroffen, sie lebe nach dortigen Sitten und empfange bei sich nur eine kleine Gesellschaft, dafür aber die beste der Stadt. Die Freunde trafen einige ältere Leute an, die durch hohe Perücken auffielen, durch Pluderhosen von unermeßlicher Weite, und die den ganzen Abend die Handschuhe nicht ablegten. Dies entsprach nicht ganz der damaligen Mode der mittleren Petersburger Gesellschaft, die Pavel kannte, und er kannte sonst nichts – aber Pavel hatte die feste Absicht, sich über nichts zu wundern, und wann hätte er solche Lappalien auch bemerken sollen? Seine ganze Aufmerksamkeit galt der Gastgeberin. Denken Sie sich eine gutaussehende Frau in der üppigen Blüte der Jugend, ausgestattet mit sämtlichen Reizen, mit denen Natur und Kunst das weibliche Geschlecht zum Verderben der Nachfahren Adams zu zieren wissen, bedenken Sie weiter, daß sie ihren Mann verloren hatte und sich im Umgang mit Männern jene Kühnheiten herausnehmen durfte, die besonders den Unerfahrenen gefangennehmen. Wie hätte, angesichts solcher Versuchungen, das jungfräuliche Bild Veras im Herzen des wankelmütigen Pavel seinen Platz behaupten können? Von Leidenschaft entflammt, versuchte er alles, das Wohlgefallen der Schönen zu erringen, und nach mehrmaligen Besuchen bemerkte er, daß diese gegenüber seinen Bemühungen nicht gleichgültig war. Welche Entdeckung für unseren Heißsporn! Pavel verlor den Erdboden unter den Füßen, er träumte bereits... Doch da geschah etwas Unangenehmes, das all seine erhabenen Luftschlösser in sich zusammenstürzen ließ. Einmal, auf einer recht vielköpfigen Gesellschaft bei der Gräfin, sah er, daß sie sich beiseite leise mit einem Mann unterhielt; angemerkt werden muß, daß sich dieser Prachtmensch viel auf seine hünenhafte Gestalt zugute hielt und daß er, allen Bemühungen zum Trotz, dennoch einen körperlichen Makel nicht verbergen konnte, für den ihm Pavel und Varfolomej, hinter seinem Rücken, den Beinamen Hinkebein verliehen hatten; Neugierde, Eifersucht ließen Pavel nähertreten, und er meinte zu hören, wie der Mann seinen Namen nannte, über seine schlechte französische Aussprache witzelte und wie die Gräfin darauf mit spöttischen Bemerkungen zu replizieren geruhte. Unser Jüngling wurde wütend, wollte sofort dazwischenfahren und den Spötter bestrafen, beherrschte sich aber bei dem Gedanken, daß ihn dies nur neuerlichem – und diesmal dem allgemeinen – Gespött preisgeben würde. Er verließ die Gesellschaft unverzüglich, ohne ein Wort zu sagen, und schwor sich, die Gräfin nie wiederzusehen.

Im Innersten aufgewühlt, dachte er wieder an die von ihm so lange im Stich gelassene Vera, so wie der Sünder mitten im Abgrund des Lasters an den Weg der Rettung denkt. Doch dieses Mal fand er an der Seite des lieben Mädchens nicht den erhofften Trost; Varfolomej herrschte als Herr im Hause, und ihn, der ihn nur wenige Monate zuvor hier eingeführt hatte, empfing er als Außenstehenden, als Gast. Die Alte war krank, und zwar ernstlich. Vera befand sich in schrecklicher Sorge und Aufregung; Pavel empfing sie ungewohnt kühl und widmete sich ihm nur, soweit es der Anstand unbedingt erforderte, unterdessen bereitete sie Arzneien zu, lief nach der Dienerin, sah nach der Kranken, und oft bat sie hierbei Varfolomej um Hilfe. All das war selbstverständlich merkwürdig und ärgerte Pavel, über den nun, wie über den armen Makar, ein Mißgeschick nach dem anderen hereinbrach. Schon wollte er auf eine Aussprache dringen, scheute aber davor zurück, die kranke alte Frau und Vera, die durch die Krankheit der Mutter ohnehin in Aufregung war, noch mehr zu beunruhigen. So blieb ihm nur das eine Mittel – sich mit Varfolomej auszusprechen. Nachdem er dies beschlossen, verabschiedete sich Pavel, Kopfschmerzen vorschützend, kurz nach dem Essen und fuhr, von niemandem zurückgehalten, nach Hause, nicht ohne Varfolomej mit einiger Schroffheit bedeutet zu haben, daß er ihn am darauffolgenden Morgen zu sehen wünsche.

Um sich den Zustand vorzustellen, in dem der unglückliche Pavel am anderen Tag seinen ehemaligen Freund und nunmehrigen Nebenbuhler erwartete, muß man all die verschiedenen Leidenschaften kennen, die seine Seele zu der Zeit bestürmten und, Raubvögeln gleich, ihr Opfer schier zerreißen wollten. Er hatte sich geschworen, die Gräfin für immer zu vergessen, indessen loderte in seinem Herzen die Liebe zu der Verräterin; seine Zuneigung zu Vera war weniger flammend; doch er liebte sie wie ein Bruder, ihre gute Meinung war ihm teuer, und diese hielt er auf lange Zeit, wenn nicht auf ewig, für verloren. Und wer war schuld an all dem Übel? Der listige Varfolomej, der Mensch, den er einst seinen Freund genannt und der ihn, wie er meinte, in seinem Vertrauen so grausam betrogen hatte. Mit welcher Ungeduld erwartete Pavel ihn bei sich, mit welchem Ärger blickte er auf die Straße hinab, auf der derselbe Schneesturm wütete wie in seinem Herzen! »Der Strolch, – dachte er, – nützt das Unwetter aus, um sich meiner gerechten Rache zu entziehen; er nimmt mir die letzte Freude – ihm ins schamlose Gesicht zu sagen, wie sehr ich ihn hasse!«

Doch im Augenblick, als Pavel die Zweifel quälten, öffnete sich die Tür, und herein trat Varfolomej mit derselben marmornen Ruhe, mit der das Standbild des Comturs bei Don Juan zum Nachtmahl erscheint. Alsbald jedoch nahm sein Gesicht einen menschlicheren Ausdruck an; er trat auf Pavel zu und sagte zu ihm im Tone teilnahmsvollen Wohlwollens: »Du siehst dir selbst nicht ähnlich, mein Freund; was ist der Grund für deinen Kummer? Öffne mir dein Herz.«

– Ich bin nicht dein Freund! – rief Pavel und fuhr vor ihm wie vor der bösen Schlange zurück in die andere Ecke des Zimmers; an allen Gliedern bebend, mit Augen, die von Blut und Tränen unterlaufen waren, sprach sich der Jüngling überhastet alle Gefühle von seiner womöglich zu Unrecht erzürnten Seele.

Varfolomej hörte ihn mit beleidigendem Gleichmut an und sagte darauf:

– Deine Rede ist dreist und hätte Strafe verdient; aber ich verzeihe dir: du bist jung und weißt den Wert der Worte und der Menschen noch nicht zu ermessen. So hast du früher nie mit mir gesprochen, als du den Hals kaum aus der Schlinge hättest retten können, wenn ich dir nicht geholfen hätte. Aber das ist alles vergessen, nur weil der kühle Empfang des Mädchens deine eitle kleine Seele gereizt hat. Monatelang geruht er fernzubleiben und heckt wer weiß mit wem wer weiß was für Pläne aus, aber wehe, ich gehe meiner eigenen Wege. Nein, mein Herr; ich werde auch in Zukunft zu der Alten fahren, und sei es nur, um dich zu ärgern. Aber ich habe auch andere Gründe, die ich nicht für mich behalten will – so wisse denn, Vera ist in mich verliebt.

– Du lügst, Schuft! – schrie Pavel außer sich vor Wut, – wie kann ein Engel den Teufel lieben?

– Es sei dir verziehen, daß du mir nicht glaubst, – antwortete Varfolomej mit spöttischem Lächeln, – die Natur hat es mit mir weniger gut gemeint als mit dir; dafür bestrickst du ja auch Damen von Adel, und zwar auf immer und ewig, unverbrüchlich.

Diesen Spott vermochte Pavel um so weniger zu ertragen, als er Varfolomej längst der Mitschuld an seinem Zerwürfnis mit der Gräfin in Verdacht hatte. Zornentbrannt stürzte er sich auf den Nebenbuhler, wollte ihn auf der Stelle umbringen; doch da verspürte er einen Schlag unterhalb der Herzgrube; ihm stockte der Atem, und der Schlag beförderte ihn für einen Augenblick, ohne Schmerzen zu erzeugen, in tiefe Ohnmacht. Wieder zu sich gekommen, fand er sich an der Wand gegenüber, die Tür war verschlossen, Varfolomej verschwunden, und in gleichsam schlaftrunkenem Dämmerzustand erinnerte er sich Varfolomejs letzter Worte: »Vorsicht, junger Mann, du hast dich *nicht mit deinesgleichen* eingelassen.«

Pavel zitterte vor Entsetzen und vor Zorn; tausend Gedanken schossen ihm durch den Kopf. Mal beschloß er, Varfolomej aufzustöbern, und sei es am Ende der Welt, um ihm den Schädel zu zertrümmern; mal wollte er zu der Alten gehen, um ihr und Vera sämtliche Taten und Untaten des Verräters zu entdecken; dann wieder entsann er sich der bezaubernden Gräfin, wollte sie bald erstechen, bald sich mit ihr aussprechen, ohne den zuvor gefaßten Entschlüssen untreu zu werden: Letzteres in Einklang zu bringen war natürlich schwierig. Es schnürte ihm die Brust ein; halb von Sinnen stürzte er ins Freie, erste Anzeichen eines entzündlichen Fiebers verspürend; blaß, wirr und aufgelöst eilte er durch die Straßen und hätte gewiß die Lösung aller Fragen in der tiefen Neva gefunden, wäre diese nicht zum Glück um jene Jahreszeit in ihren eisigen Pelz gehüllt gewesen.

War es das Schicksal müde, Pavel zu verfolgen, oder wollte es ihn, nach kurzer Atempause, im Unglück nur noch härter treffen – auf dem Heimweg begegnete er unverhofft der Erfüllung seines ureigentlichen Wünschens und Verlangens. Im Vorzimmer erwartete ihn der reich gekleidete Diener der Gräfin I... und händigte ihm eine Nachricht aus; Pavel entfaltet sie bebend und liest, hingeworfen von der ihm nur zu gut bekannten Hand der Gräfin, die folgenden Worte:

»Böse Menschen wollten Streit zwischen uns säen; ich weiß alles; wenn in Ihnen auch nur ein Funken Liebe zu mir verblieben ist, ein Funken Mitleids, so kommen Sie um die und die Abendstunde. Ewig Deine I.«

Wie dumm sind Verliebte! Kaum, daß Pavel diese magischen Zeilen überflogen hatte, war für ihn alles vergessen, die Freundschaft zu Vera ebenso wie die Feindschaft für Varfolomej; die ganze Welt der Gegenwart, Vergangenheit und Zukunft war für ihn zusammengedrängt auf einem Fetzen Papier; er drückt ihn ans Herz, küßt ihn, hält ihn ein ums andere Mal gegen das Licht. »Nein! – ruft er freudetrunken, – es ist kein Trug; ich bin wirklich, wirklich glücklich; so schreibt niemand, so kann niemand schreiben außer ihr allein. Aber will mich die Schelmin nicht zu sich locken, um mir Sand in die Augen zu streuen und wie vordem ihren Spott mit mir zu treiben? Nein! ich schwöre, das wird nicht geschehen. ›Deine – ewig Deine‹, soll sie mir mit Taten erklären, was dieses Wort bedeutet. Sonst... ihr guter Ruf liegt jetzt in meinen Händen.«

Zur festgesetzten Stunde steht denn unser Pavel also, geschniegelt und gestriegelt, auf der breiten Treppe vor dem Hause der Gräfin; man geleitet ihn unangemeldet in den Salon, wo zu seinem Ärger bereits einige Besucher versammelt sind, Hinkebein jedoch nicht unter ihnen. Die Gastgeberin empfängt ihn spröde, spricht kaum ein Wort mit ihm; doch nicht von ungefähr richtet sie ihre großen schwarzen Augen auf ihn, um sie sofort schmachtend niederzuschlagen: das mystische Alphabet der Liebenden, das Profanen verschlossen ist. Die Gäste setzen sich an den Spieltisch; die Gastgeberin lehnt ab, versichert jedoch, es sei ihr angenehm, sich reihum einmal zu jedem Spieler zu setzen, denn sie hoffe, ihm damit Glück zu bringen. Die Gäste können sich nicht genug wundern über ihre feine Höflichkeit. Ein wenig später sagt die Gräfin, an den Jüngling gewandt: »Sie waren so lange nicht bei uns – bemerken Sie keine Veränderungen an der Einrichtung dieses Raums? Hier, zum Beispiel, die Portieren hingen früher an Lorbeer-Girlanden; doch ich fand besser, sie durch Pfeile ersetzen zu lassen.« – »Die Herzen fehlen«, – antwortete Pavel halb spröde, halb artig. »Aber nicht nur im Salon, – fährt die Gräfin fort, – ist die Dekoration neu«, und erhebt sich aus dem Sessel: »Wollen Sie nicht, – sagt sie, – einen Blick ins Diwanzimmer werfen; dort hängen Gobelins, die neulich gebracht wurden – mit wunderschönen Motiven.« Pavel folgt ihr mit einer Verbeugung. Sein Herz erbebte in einem unerklärlichen Gefühl, als er diesen verzauberten Raum betrat. Er war Wintergarten und Diwanzimmer zugleich. Myrtenbäumchen, an den Wänden aufgestellt, milderten das grelle Licht der Kandelaber, das sich, die kostbaren Diwane im Schatten der Bäume belassend, still über die Wandbekleidung der Gobelins ergoß, auf denen, Wollust einflößend, die Liebestaten sagenhafter Götter dargestellt waren. Dem Enfilee gegenüber stand ein großer Trumeau, daneben an der Wand sah man den Raub der Europa – Beweis für die Macht der Schönheit, aus jedem, wer er auch sei, ein Rindvieh zu machen. Vor diesem Spiegel beginnt die schicksalentscheidende Aussprache. Jeder Eingeweihte weiß, daß eine Aussprache unter Liebenden immer nur grausamste Amplifikation bedeutet: also werde ich nur das Wesentliche wiedergeben. Die Gräfin beteuerte, ihr Spott über die schlechte französische Aussprache habe nicht Pavel gegolten, sondern einem Manne gleichen Namens, und sie habe lange Zeit die Gründe für sein Fernbleiben nicht begreifen können, schließlich jedoch habe ihr Varfolomej eine Andeutung gemacht usw. usw. Obwohl ihm Varfolomejs Kenntnisse in einer Sache, von der ihm niemand ein Wort gesagt hatte, wie auch die Rolle des Friedensstifters, die er hierbei übernommen hatte, merkwürdig vorkamen – Pavel glaubte selbstverständlich alles; aber er tat hartnäckig so, als glaube er nichts. »Aber welchen Beweis wollen Sie denn noch?« – fragte die Gräfin schließlich mit zärtlicher Ungeduld. Als höflicher junger Mann küßte Pavel ihr zur Antwort innig die Hand; doch sie widersetzte sich dem, wurde verlegen, wollte eiligst zurück zu den Gästen; er fiel vor ihr auf die Knie und drohte, sie fest an den Händen haltend, er werde sie nicht loslassen und sich zudem noch im selben Augenblick erschießen. Diese Taktik hatte den gewünschten Erfolg – in Form eines leisen, bebenden Händedrucks –, und ein leise geflüstertes »Morgen um elf Uhr nachts, am Hintereingang« verkündete Pavel, dem Glücklichen, lauter als Pulver und Kanonendonner den Triumph.

Die Gräfin kehrte im rechten Augenblick in den Salon zurück; unter zwei Spielern wäre es um ein Haar zu einer Rauferei gekommen. »Sehen Sie, – sagte der eine, rot vor Zorn, zur Gräfin, – ich verliere hier für nichts und wieder nichts einige hundert Seelen, und er...« – »Sie meinen: einige hundert Rubel«, – unterbrach sie ihn mit Ernst. – »ja, ja... Pardon... ich habe mich unglücklich ausgedrückt«, – antwortete der Kampfhahn schluckend und mit einem scheelen Blick auf den jungen Mann. Die Spieler begruben ihren Streit, und alle Aufregung war wie weggeblasen. Pavel überhörte dieses Mal alles. Die innere Erregung gestattete ihm nicht, sich allzu lange in Gesellschaft aufzuhalten, er eilte nach Hause, der Ruhe zu pflegen, doch der Schlaf senkte sich lange nicht auf seine Lider; die Wirklichkeit war ihm der süßeste Traum. Vor seiner entzündeten Phantasie standen unablässig die großen, schwarzen, feuchten Augen der Schönen. Sie begleiteten ihn auch durch den Schlaf; doch die Träume, sei es im Vorgefühl des Mysteriums, sei es in der Aufwallung des Blutes, endeten immer irgendwie merkwürdig. Mal spazierte er im grünen Gras; vor ihm sprossen zwei Blumen von wunderbarer Farbe; doch kaum hatte er die Stengel berührt, um sie zu pflücken, wand sich plötzlich eine pechschwarze Schlange empor und bespritzte die Blumen mit Gift. Mal blickte er in den Spiegel eines durchsichtigen Sees, auf dessen Grund in Nähe des Ufers zwei goldene Fischlein spielten; doch kaum tauchte er nach ihnen die Hand ins Wasser, erwachte er, aufgeschreckt von einem Wasserungeheuer. Mal ging er nachts unter duftendem Sommerhimmel, und in der Höhe strahlten unzertrennlich zwei helle Sterne; doch konnte er sich ihrer nicht erfreuen, denn im dunklen Westen erhob sich ein schwarzer Flecken, der sich zu einer langen Wolkenschlange auswuchs und beide Sterne verschlang. – Jedesmal, wenn solch eine Vision Pavels Schlaf unterbrach, dachte dieser unwillkürlich voll Besorgnis an Varfolomej; doch kurze Zeit darauf gewannen die schwarzen Augen erneut die Oberhand, bis abermals ein Schrecken den fesselnden Traum unterbrach. Trotz allem erwachte Pavel, der bis zum Mittag geschlafen hatte, fröhlicher denn je. Die restlichen elf Stunden des Tages kamen ihm, wie man so sagt, wie eine Ewigkeit vor. Kaum hatte die Dämmerung eingesetzt, strich er bereits um das Haus der Gräfin herum; man empfing niemanden, entzündete kein Licht in den Salons, nur in einer entfernten Ecke flackerte schwach eine Kerze. »Dort wartet sie auf mich, die Herrliche«, dachte Pavel bei sich, und schon im vorhinein versank seine Seele im Genuß.

Gemessen schlug es vom Turm der Duma elf Uhr, und Pavel, von Liebe beflügelt... Doch hier ende ich mein Tableau, dem Beispiel der besten klassischen und romantischen Autoren der Antike, des Mittelalters und der Neuzeit folgend, und überlasse seine Ergänzung Ihrer eigenen Vorstellungskraft. Kurz und klar: Pavel dachte bereits, die Seligkeit zu kosten... als es plötzlich leise an die Tür klopfte; die Gräfin, verlegen, öffnet; eine ins Vertrauen gezogene Zofe tritt ein und meldet, am Hintereingang sei ein Mann erschienen, der den jungen Herrn dringend sprechen müsse. Pavel wird zornig, läßt sagen, er habe keine Zeit, wird schwankend, geht ins Vorzimmer und hört dort, der Unbekannte sei soeben gegangen. – Er kehrt zu seiner Holden zurück: »Nichts kann mich von dir trennen«, – sagt er mit Leidenschaft. Doch da klopft es erneut, die Zofe tritt ein und wiederholt das zuvor Gesagte. – »Schicken Sie diesen Unbekannten zum Teufel«, – schreit Pavel, mit dem Fuß aufstampfend, – »oder ich bringe ihn um«; er geht hinaus, hört, daß auch der andere hinausgegangen sei; stürzt die Treppe hinunter auf den Hof, doch auch dort rührt sich nichts, nur der Schnee ergießt sich lautlos in dichten Schwaden auf die Erde. Pavel beschimpft die Dienstboten, verbietet, auch nur irgend jemanden vorzulassen, kehrt entflammter denn je zur Gräfin zurück, die unruhig geworden ist; nur wenige Minuten vergehen, und es klopft zum dritten Mal, noch heftiger, hartnäckiger. »Nein, das ist zuviel! – schreit er außer sich vor Zorn, – ich werde herausbekommen, was für ein Gespenst das ist; das ist ein Bubenstück.« – Er stürzt ins Vorzimmer und erkennt den Saum eines Umhangs, der eben noch durch die ins Schloß fallende Tür schlüpft; im Nu wirft er den Uniformmantel über, greift nach dem Stock, stürzt auf den Hof hinaus und hört das Klappen der Gartenpforte, die soeben hinter jemandem zuschlägt. »Halt, bleib stehen, wer bist du?« – ruft Pavel ihm nach, springt auf die Straße und sieht in der Ferne einen hochgewachsenen Mann, der, so scheint es, stehenbleibt, um ihm zuzuwinken, und dann in einer Seitengasse verschwindet. Ungestüm folgt ihm Pavel und scheint ihn einholen zu können; wieder bleibt der andere an einer Seitenstraße stehen, winkt ihm zu und verschwindet. So folgt der Jüngling dem Unbekannten von Straße zu Straße, aus einer verwinkelten Gasse in die nächste, und findet sich am Ende, bis zu den Knien in Schneewächten versinkend, von niedrigen Häusern umgeben, in einer Wegelosigkeit, wie er sie im Leben nie gesehen; der Unbekannte war spurlos verschwunden. Pavel erstarrte, und zugegeben, wer ist schon zu beneiden, der etliche Werst durch den Schnee gestapft ist und sich, in stockfinstrer Nacht, am Ende der Welt wiederfindet. Was tun? weitergehen? – da verläufst du dich nur; an die nächstbeste Tür klopfen? – wen bekommst du um diese Zeit wach? Zu Pavels unverhoffter Freude kommt ein Schlitten gefahren. »Kutscher! – ruft er, – fahr mich nach Hause, die und die Straße.« Der gehorsame Kutscher fährt ihn durch die gottverlassene Gegend, der Schnee knirscht unter den Kufen, der Mond nach dem Geschmacke Žukovskijs leuchtet den Reisenden unsicher durch die dahinjagenden Wolken. Und sie fahren lange, lange – und nirgends ein bekannter Ort; schließlich fahren sie ganz zur Stadt hinaus. Natürlich kamen Pavel all die alten Geschichten in den Sinn, von den Toten auf dem Wolfsfeld, von den Droschkenkutschern, die ihre Fahrgäste dort erstechen, usw. »Wohin fährst du mich?« – fragte er mit fester Stimme; keine Antwort. Da wollte er, bei Mondlicht, einen Blick auf die Blechmarke des Kutschers werfen und sah zu seiner Verwunderung, daß auf dieser Marke weder Bezirk noch Stadtviertel vermerkt war, sondern in großen Ziffern von merkwürdiger Gestalt und Prägung die Zahl 666 geschrieben stand, die Zahl der Apokalypse, wie ihm später einfiel. In seinem Verdacht bestärkt, in böse Hände gefallen zu sein, wiederholte unser Jüngling die Frage noch lauter und schlug, da er keine Antwort vernahm, dem Kutscher mit voller Wucht den Stock in den Rücken. Wie groß aber war sein Entsetzen, als dieser Schlag den Klang von Knochen gegen Knochen erzeugte, als der vermeintliche Kutscher, sich umwendend, ihm das Gesicht eines Totenkopfs zeigte und als dieses Gesicht, gräßlich die Zähne bleckend, mit undeutlicher Stimme hervorstieß: »Vorsicht, junger Mann; du hast dich *nicht mit deinesgleichen* eingelassen.« Der unglückliche Jüngling hatte nur noch die Kraft, das Kreuzeszeichen zu schlagen, dessen seine Hände seit langem entwöhnt waren. Da stürzte der Schlitten um, ein wildes Lachen erscholl, ein schrecklicher Wirbelsturm hob an; Equipage, Pferde, Kutscher – alles versank im Schnee, und Pavel stand auf einmal mutterseelenallein, halbtot vor Angst, draußen vor dem Stadttor.

Am nächsten Morgen lag der junge Mann entkräftet auf dem Bett in seinem Zimmer. An seiner Seite stand der gute alte Diener und wandte sich oft ab, die welke Hand seines Herrn in der einen Hand haltend, um mit der anderen eine Träne abzuwischen, die heimlich sein halberblindetes Auge trübte. »Gnädiger Herr, ach, gnädiger Herr, – sagte er ein ums andere Mal, – nicht umsonst habe ich Euer Gnaden immer wieder gesagt, die nächtlichen Lustbarkeiten bringen nichts Gutes. Wo sind Sie gewesen? was ist Ihnen geschehen?« Pavel hörte ihn nicht: mal blickte er mit weit aufgerissenen Augen unverwandt in die Ecke, mal verfiel er ins Dämmern, zitterte im Halbschlaf und lachte, mal sprang er wie wahnsinnig aus dem Bett, rief Namen von Frauen und warf sich wieder mit dem Gesicht in die Kissen. »Armer Pavel Ivanovič! – dachte der Diener bei sich. – Gott steh ihm bei, er muß den Verstand verloren haben«, – und so lief er, in einem Anfall von Beherztheit, den erstbesten Augenblick nutzend, nach einem Arzt. Als dieser den Patienten, der keinen der Umstehenden erkannte, gesehen und ihm den fiebrigen Puls gefühlt hatte, schüttelte er den Kopf. Die äußeren Anzeichen widersprachen einander, aus ihnen war unmöglich auf die Art der Krankheit zu schließen; alles bot Anlaß zur Annahme, daß deren Ursache in der Seele, nicht im Körper verborgen lag. Der Patient erinnerte sich nahezu an nichts von dem, was vorgefallen war; seine Seele schien bedrückt von einer Art schrecklicher Vorahnung. Vom treuen Diener überredet, wich der Arzt einen ganzen Tag nicht vom Krankenlager des jungen Mannes; gegen Abend verschlimmerte sich der Zustand des Patienten aufs schrecklichste, er warf sich hin und her, weinte, rang die Hände, sprach von einer Vera, der Basilius-Insel, rief um Hilfe – Gott weiß, wen und für wen –, griff nach seiner Mütze, stürzte zur Tür, und kaum vermochten die vereinten Kräfte des Arztes und des Dieners, ihn zurückzuhalten. Diese entsetzliche Krisis währte bis Mitternacht; plötzlich beruhigte sich der Kranke – ihm wurde leichter; doch seine seelischen und körperlichen Kräfte waren von dem Kampfe völlig erschöpft; er verfiel in einen totenähnlichen Schlaf, wonach sich die Krisis wiederholte.

Der Anfall hielt den Jüngling drei volle Tage mit unverminderter Gewalt in seinen Fängen; am dritten Morgen, da er mehr Kraft zu verspüren begann, stand er von seinem Bett auf, als man ihm sagte, im Vorzimmer warte die alte Dienerin der Witwe. Das Herz ließ ihn nichts Gutes ahnen; er ging hinaus; die Alte schluchzte ungehemmt. – »So! Noch ein Unglück! – sagte Pavel und trat auf sie zu, – quäl mich nicht, meine Gute; sag mir alles, schnell.« – »Die gnädige Herrin hat das Zeitliche gesegnet, – antwortete die Alte, – aber das gnädige Fräulein, weiß Gott, wie lang es noch zu leben hat.« – »Wie? Vera? was ist?« – »Vergeuden Sie keine Worte, junger Herr: das Fräulein braucht Hilfe. Ich bin zu Fuß hierhergekommen; wenn Sie ein gutes Herz haben, lassen Sie uns auf der Stelle zu ihr fahren: sie ist im Haus des Priesters der Hl. Andreas-Kathedrale.« – »Im Haus eines Priesters? Warum?« – »Um Gottes willen, ziehen Sie sich an, Sie werden alles erfahren.« – Pavel hüllte sich ein, und sie sprengten zur Basilius-Insel.

Als er Vera und ihre Mutter das letzte Mal gesehen hatte, litt die Witwe schon längere Zeit an einer Krankheit, die ihr, in ihrem hohen Alter, wenig Hoffnung auf Genesung verhieß. Zu arm, um einen Arzt zu rufen, befolgte sie ausschließlich die Ratschläge Varfolomejs, der sich, neben anderen Kenntnissen, auch einer gewissen Vertrautheit mit der Medizin rühmte. In seinem Wirken war er unermüdlich: er brachte es ferig, Vera zu trösten, nach der Kranken zu sehen, der Dienerin beim Beschaffen der Arzneien behilflich zu sein, die er zuweilen derart rasch beschaffte, daß Vera sich wunderte, wo er eine so nahe Apotheke hatte finden können. Zwar halfen die Arzneien, die er besorgte, der Kranken nicht immer, doch machten sie ihr beständig Mut. Und merkwürdig, je näher sie sich auf das Grab zu bewegte, desto unzertrennlicher waren ihre Gedanken dem Leben verbunden. Sie schlief und sah im Traum ihre Genesung; sah, wie ihre Kinder Varfolomej und Vera heirateten und ihr Leben begannen, und zwar ein wohlbehütetes Leben, sie sorgte sich, ob das kleine Haus für die künftige Familie nicht zu eng werden würde, ob man nicht ein anderes finden könne, näher zur Stadt gelegen usw. usw. Die trübe Ausdruckslosigkeit des Endes lag in ihrem Blick, wenn sie die künftigen Ehegatten zu sich ans Bett rief und mit einem verlegenen Lächeln zu ihnen sprach: »Schäm dich nicht, Vera, mein Kind, küß doch deinen Bräutigam; ich könnte erblinden und dann euer Glück nicht mehr sehen.« Unterdessen lastete die Hand des Todes immer schwerer und schwerer auf der Alten: Gesicht und Gedächtnis stumpften von Stunde zu Stunde ab. Varfolomej war der Kummer nicht anzumerken; mag sein, daß all die Scherereien, die unablässige Lauferei ihm halfen, sich zu zerstreuen. Vera hingegen bedrückte die Sorge um die Mutter gleichermaßen wie die um ihr eigenes Schicksal. Welche Braut hätte nicht Angst vor der Ehe? Doch bemühte sie sich auf jegliche Art, Ruhe zu finden. »Ich habe gesündigt vor Gott, – dachte das Mädchen; – ich weiß nicht, warum ich Varfolomej für einen verschlagenen, für einen bösen Menschen gehalten habe. Ist er doch weit besser als Pavel;

seht nur, wie er sich um Mutter bemüht: er gönnt sich keine Schonung, der Ärmste – er kann also kein böser Mensch sein.« Plötzlich verfinsterten sich ihre Gedanken. »Er hat ein schroffes Wesen, – sagte sie zu sich, – wenn er etwas nicht will und man zu ihm sagt: Varfolomej, tun Sie es um Gottes willen, überkommt ihn ein Zittern, und er wird blaß. Aber, – fuhr Vera fort, mit dem kleinen Finger eine Träne von der Wange wischend, – ich bin ja doch selbst kein Engel; jeder trägt an seinem Kreuz und hat seine Fehler: ich werde ihn bessern, und er mich.«

Hier aber kamen ihr neue Zweifel in den Sinn: »Er ist, wie es scheint, reich; wie hat er sein Geld erworben – mit ehrlichen Mitteln? doch nein, das werde ich ihn fragen, er liebt mich ja.« So tröstete sich die gute, unschuldige Vera; der Alten ging es unterdessen immer schlechter. Vera teilte Varfolomej ihre Befürchtungen mit, fragte ihn sogar, ob man nicht einen Geistlichen rufen sollte; da wurde er hitzig und antwortete schroff: »Wollen Sie das Ende Ihrer Mutter beschleunigen? dann wäre dies der beste Weg. Ihre Krankheit ist gefährlich, aber durchaus nicht aussichtslos. Was hält sie am Leben? die Hoffnung auf Genesung. Rufen wir dagegen den Popen, so nehmen wir ihr die letzte Hoffnung.« Die schüchterne Vera pflichtete ihm bei, die geheime Stimme ihres Innern niederringend; aber an diesem Tage – und bedenken Sie, es war genau der Tag nach Pavels fatalem Stelldichein mit der liebreizenden Gräfin –, bedrängte die Gefahr nur allzu deutlich das ahnende Herz der Tochter. Sie ließ Varfolomej rufen und sagte zu ihm mit entschiedener Stimme: »Beim Allmächtigen beschwöre ich Sie, lassen Sie die Mutter nicht ohne die heiligen Sakramente sterben: Gott allein weiß, ob sie den morgigen Tag noch erlebt« – und sank, tränenüberströmt, auf einen Stuhl. Was geschah darauf in Varfolomej? seine Augen rollten, der Schweiß trat ihm auf die Stirn, er mühte sich mit aller Kraft, etwas zu sagen, brachte jedoch kein Wort hervor. – »Kleinmut eines jungen Mädchens«, – stammelte er eine Weile später, – du glaubst an nichts... Sie, Gnädigste, haben kein Vertrauen in meine Kenntnis der Medizin... Warten Sie... ich habe einen Bekannten, er ist Arzt und weiß mehr als ich... er wohnt nur leider weit von hier.« Und er faßte Vera bei der Hand, führte sie zielstrebig ans Fenster, zeigte, ohne den Blick zu heben, zum Himmel: »Sehen Sie: dort oben wird der erste Stern noch nicht zu sehen sein, ehe ich zurück bin, dann wollen wir entscheiden; versprechen Sie mir nur, vor meiner Rückkehr den Geistlichen nicht zu rufen?« – »Ich verspreche es, ja.« Da war aus dem Schlafzimmer ein langgedehnter Seufzer zu hören. – »Beeilen Sie sich«, – rief Vera, zur Tür stürzend, dann wandte sie sich um, blickte noch einmal, von unsagbarem Kummer gerührt, auf den wie angewurzelt Stehenden und wiederholte, ihm zuwinkend: – »Beeilen Sie sich – um meinetwillen, um Gottes willen.« – Varfolomej eilte davon.

Mehr und mehr hüllte sich der Winterhimmel in Wolken, und in der Kranken traten Leben und Verwesung an zu ihrem letzten tödlichen Zweikampf. Es begann zu schneien, und Stöße des fliegenden Winds ließen die Fensterrahmen knarren. Beim leisesten Knirschen im Schnee lief Vera ans Fenster, um nachzusehen, ob Varfolomej nicht zurückkehrte; doch nur die Katze miaute, die Dohlen pickten ans Tor, und der Wind riß ein ums andere Mal die Gartenpforte auf und schlug sie wieder zu. Die Nacht mit ihrem schwarzen Sargtuch kam vor der Zeit; von Varfolomej jedoch keine Spur, und am Himmelszelt blinkte kein einziger Stern. Vera beschloß, die alte Dienerin nach dem Geistlichen zu schikken; sie kehrte lange nicht zurück – kein Wunder, denn es gab weit und breit keine näher gelegene Kirche als die Andreas-Kathedrale. Da schlug die Gartenpforte, und statt der

Köchin erschien Varfolomej, blaß und geistesabwesend. »Nun? gibt es keine Hoffnung mehr?« – flüsterte Vera. – »Kaum eine, – sagte er mit dumpfer Stimme; – ich war bei dem Arzt; er wohnt weit von hier, er weiß sehr viel...« – »Und was um Gottes willen sagt er denn?« – »Was braucht es das noch? ... es ist an der Zeit, nach dem Popen zu schicken. Ah! ich sehe, Sie haben dies bereits getan... recht so!« – sagte er mit einer Sprödigkeit, in der Verzweiflung mitschwang.

Etliche Zeit später, schon in tiefer Nacht, kam die alte Dienerin mit der Kunde, der Priester sei nicht zu Hause, aber wenn er wiederkäme, würde man es ihm sagen, und er würde dann sogleich zu der Sterbenden eilen. Man beschloß, es ihr schonend beizubringen. »Seid ihr von Sinnen, Kinder, – sagte sie mit schwacher Stimme, – bin ich denn so krank! Vera! was weinst du? Nimm das Lämpchen mit hinaus; der Schlaf wird mich erquicken.« Die Tochter küßte der Mutter die Hand, Varfolomej stand derweil schweigend beiseite, die Augen auf die Kranke gerichtet, die, als der Schimmer des Lämpchens auf sie fiel, funkelten wie glühende Kohlen.

Vera und die Köchin knieten nieder und beteten. Varfolomej ging, die Hände ringend, über Kopfschmerzen klagend, ein ums andere Mal in den Flur hinaus. Eine halbe Stunde später trat er ins Schlafzimmer und kam daraus wie ein Wahnsinniger zurückgestürzt mit der Nachricht: »Es ist geschafft!« Ich will nicht beschreiben, was Vera in diesem Augenblick empfand! Doch die Kraft ihres Geistes war ungewöhnlich. »Herrgott! es ist dein Wille!« – stieß sie hervor, die Hände zum Himmel erhoben; sie wollte gehen, doch versagten ihr die körperlichen Kräfte den Dienst, halbtot sank sie in einen Sessel, und die Unglückliche hätte aufgehört zu atmen, hätte nicht ein plötzlicher Tränenstrom ihre zugeschnürte Brust erleichtert. Währenddem wusch die Alte wehklagend den Leichnam, stellte eine Kerze ans Kopfende und ging die Ikone holen; doch hier versank sie, ob aus Übermüdung, ob aus einem anderen Grund, unweigerlich in Schlaf. In diesem Augenblick trat Varfolomej zu Vera. Satan persönlich wäre das Herz geschmolzen: so schön war sie in ihrem Schmerz. »Du liebst mich nicht, – rief er leidenschaftlich; – mit deiner Mutter habe ich den letzten Rückhalt in deinem Herzen verloren.« Das junge Mädchen erschrak ob seiner Verzweiflung. »Doch, ich liebe dich«, – entgegnete sie voll Angst. Er fiel ihr zu Füßen: »Schwöre, – sagte er, – schwöre, daß du mein bist, daß du mich mehr liebst als deine Seele.« Vera hätte solche Leidenschaft in diesem kühlen Menschen nie vermutet: »Varfolomej, Varfolomej, – sagte sie mit schüchterner Zärtlichkeit, – vergiß in dieser Schreckensstunde die sündigen Gedanken; ich schwöre dir, sobald wir Mutter beerdigt haben und uns der Geistliche in Gottes Haus den Segen erteilt hat...« Varfolomej hörte sie nicht zu Ende, sondern sprach wie rasend auf sie ein, und er redete wirr: beteuerte, dies alles seien leere Zeremonien, die ein Liebender nicht bräuchte, forderte sie auf, mit ihm zu kommen in ein fernes Vaterland, versprach, sie dort mit fürstlichem Glanz zu überschütten, umarmte unter Tränen ihre Knie. Er sprach mit solcher Leidenschaft, mit solchem Feuer, daß alle Wunder, von denen er erzählte, augenblicklich wahr erschienen. Vera spürte ihre Festigkeit bereits erlahmen, die Gefahr indes weckte die Kräfte ihrer Seele; sie riß sich los und lief zur Tür des Schlafzimmers, wo sie die Dienerin zu finden hoffte; Varfolomej vertrat ihr den Weg und sagte, nun bereits mit vorgetäuschter Beherrschtheit, mit grimmigem Blick: »Hör zu, Vera, widersetze dich mir nicht; weder die Dienerin noch deine Mutter erweckst du mehr zum Leben: keine Gewalt der Erde kann dich mehr vor meiner Macht beschützen.« – »Die Unschuldigen beschützt Gott«, – rief die Ärmste und stürzte in ihrer Verzweiflung vor dem Cruzifixus auf die Knie. Varfolomej erstarrte, sein Gesicht verharrte in ohnmächtiger Wut. »Wenn das so ist, – entgegnete er, sich auf die Lippen beißend, – wenn das so ist ... ja, dann ist für mich bei dir nichts mehr zu holen; aber ich werde deine Mutter zwingen, dich mir gefügig zu machen.« – »Steht sie denn in deiner Macht?« – fragte das Mädchen. »Sieh her«, – antwortete er, den Blick auf die halbgeöffnete Tür des Schlafzimmers gerichtet, und Vera erschien es, als entströmten seinen Augen zwei Feuerstrahlen und als höbe die Verstorbene, beim Schein der niederbrennenden Kerze, unter unbeschreiblichen Qualen den Kopf und winkte ihr mit ihrer verdorrten Hand zu, sich Varfolomej zu nähern. Da auf einmal wußte Vera, mit wem sie es zu tun hatte. »Gott stehe auf, und du verschwinde, der du verflucht bist«, – rief sie, all die Kräfte ihrer Seele zusammennehmend, und fiel ohnmächtig zu Boden.

In diesem Moment weckte gleichsam ein Kanonenschuß die schlafende Dienerin. Sie schlug die Augen auf und sah in ihrer Angst die Tür sperrangelweit geöffnet, das Zimmer in Qualm und Rauch, und eine blaue Flamme, die sich über den Spiegel und die Gardine ausbreitete, die Varfolomej der Verstorbenen geschenkt hatte. Ihr erster Griff galt dem in der Ecke stehenden Wasserkrug, um ihn in die Flammen zu gießen, doch das Feuer prasselte und loderte mit doppeltem Ingrimm und erfaßte gar die ergrauten Haare der Köchin. Da stürzte diese wie von Sinnen ins andere Zimmer mit dem Schrei: »Feuer, Feuer!« Und als sie ihre Herrin ohnmächtig auf dem Boden liegen sah, packte sie sie mit beiden Armen und schleppte sie, da wahrscheinlich die Angst ihre ermatteten Kräfte beflügelte, hinaus auf die Brücke vors Tor. In der Nähe wohnte niemand, der hätte Hilfe leisten können. Während sie der Halbtoten die Schläfen mit Schnee einrieb, kamen die Flammen aus den Fenstern, dem Schornstein, über das Dach. Auf den Feuerschein hin kam ein Polizeitrupp mit Eimern, Gabeln und Haken herbeigesprengt: Schläuche zum Löschen waren damals noch nicht in Gebrauch. Neugierige liefen zusammen, unter ihnen auch der Geistliche von der Andreas-Kathedrale, der gekommen war, um der Verstorbenen das Abendmahl zu geben. Er hatte nicht auf sonderlich gutem Fuß mit ihr gestanden und sie für eine schlechte Frau gehalten; doch liebte er Vera, über die er von seiner Tochter viel Gutes gehört hatte, und so versprach er den Feuerwehrleuten Geld, falls es ihnen gelänge, den Leichnam zu bergen, um der Verstorbenen zumindest ein christliches Begräbnis zuteil werden zu lassen. Doch wie hätte das gehen sollen. Die Flammen, vom Schneesturm entfacht, straften alle Wirkung des Wassers, alle menschlichen Anstrengungen mit Verachtung; ein einziger Polizei-Korporal unter all den tapferen Kerlen faßte sich ein Herz, in die Innenräume vorzudringen, um den Leichnam ins Freie zu tragen, verblieb aber kaum eine Minute und kam in hellem Entsetzen herausgestürzt; er erzählte, es wäre ihm fast schon gelungen, bis ins Schlafzimmer zu gelangen, er habe fast schon an das Totenbett treten wollen, als plötzlich von oben eine Satansgestalt herabgesprungen sei, die Zimmerdecke unter schrecklichem Gepolter über ihm zusammengebrochen sei, und er sei nur dank der besonderen Gnade des Hl. Nikolaus des Wundertäters imstande gewesen, den Kopf auf den Schultern zu retten, wofür er gelobte, auf der Stelle eineinhalb Rubel vor dessen Ikone zu stiften. Untereinander äußerten Zuschauer die Meinung, er sei ein Feigling, und ein herabstürzender Balken sei ihm als der Teufel erschienen, doch der Korporal blieb in seiner Meinung unerschütterlich und verkündete bis ans Ende seiner Tage in den Schenken, er habe in seinem Leben den leibhaftigen Satan gesehen, mit Schwanz, mit Hörnern und der großen Höckernase, aus der er das Feuer angefacht habe wie der Blasebalg in der Schmiede. »Nein, Brüder in Christo, gnade Euch Gott, daß Euch je der Verdammte erscheint.« Mit dieser Rednerformel beschloß unser Genie für gewöhnlich seinen Bericht, und zur Belohnung für seine Tapferkeit und den tiefen Eindruck, den seine Erzählung beim gebildeten Publikum hinterließ, brachte ihm der Wirt unentgeltlich ein volles Glas reinen Branntweins.

Ungeachtet also der Bemühungen des Löschtrupps, dem im übrigen für seine tätigen Mühen in diesem Falle seitens der Nachfahren volle Gerechtigkeit widerfahren muß, brannte das einsame Häuschen auf der Basilius-Insel bis auf die Grundmauern nieder, und der Platz, an dem es stand, ist bis auf den heutigen Tag, ich weiß nicht warum, unbebaut geblieben. Die alte Dienerin, die, unter Mitwirkung des Geistlichen mit den Sterbesakramenten, Vera aus der Ohnmacht wiedererweckt hatte, fand, zusammen mit dieser, Zuflucht im Hause des würdevollen Hirten. Das Feuer war so unvermittelt ausgebrochen, daß die Polizei es für nötig befand, eine hochnotpeinliche Untersuchung über seine Ursachen anzustellen. Doch da der Verdacht nicht auf die alte Dienerin fallen konnte und noch weniger auf Vera, erwies sich um so eindeutiger Varfolomej als der Brandstifter. So notierte man alle seine Kennzeichen, suchte nach ihm auf offene wie geheime Weise nicht nur in sämtlichen Bezirken der Stadt, sondern in ganz Petersburg, im ganzen Stadtkreis; aber alles war vergebens: man fand von ihm nicht einmal eine Spur, was um so erstaunlicher war, als die Schiffahrt im Winter ruht, er folglich keine Möglichkeit hatte, still und heimlich mit einem ausländischen Schiff in ferne Länder davonzusegeln. Ich weiß nicht, wohin die langwierige Untersuchung noch hätte führen können; doch der Geistliche, der Vera von ganzem Herzen liebte und nicht ahnte, bis in welche Tiefen sich ihre Verbindung zu diesem Menschen erstreckt hatte, machte vernünftigerweise seinen Einfluß geltend und ließ die Sache niederschlagen, um ihr keine weitere Verbreitung zukommen zu lassen.

So fand Pavel, nach dem man zwei Tage später geschickt und der von der guten Alten erfahren hatte, was ihr aus der Kette der unglückseligen Verwicklungen bekannt war, seine junge Verwandte krank im Hause von Vater Ioann wieder. Die gastliche Familie lud ihn ein, bis zu Veras Genesung bei ihr zu wohnen. Der leichtlebige Jüngling hatte in kurzer Zeit derart viele Schicksalsschläge erfahren, und deren verborgene Ursachen waren für ihn in solch schreckliches Dunkel getaucht, daß dies auf sein Denken und seinen Charakter einen unauslöschlichen Eindruck hinterließ. Er wurde ernst, gesetzt und verfiel nicht selten in tiefe Nachdenklichkeit. Er vergaß die Reize der geheimnisvollen Gräfin ebenso wie die stürmischen Lustbarkeiten seiner Jugend, an die solch verderbenbringende Folgen geknüpft waren. Sein einziges gen Himmel gerichtetes Gebet galt Veras Genesung und dem Wunsch, ihr als Muster eines treuen Ehemannes dienen zu können. Während ihrer kurzen Begegnungen unter vier Augen beschloß er, ihr diese Überlegung vorzutragen; doch sie, die ihm übrigens das verwandtschaftliche Vertrauen bewahrt hatte, wies diese unverändert standhaft zurück. »Du, Pavel, bist jung, – sagte sie, – ich dagegen habe mein Leben gelebt; bald wird mich das Grab aufnehmen, und dort wird mir vielleicht ein gnädiger Gott Vergebung und Ruhe schenken.« Dieser Gedanke verließ Vera keinen Augenblick; dabei quälte sie, wie es schien, insgeheim die Überzeugung, sie hätte es dem Missetäter durch ihre Schwäche ermöglicht, der Mutter Verderben herbeizuführen – in diesem und vielleicht auch, wer weiß, im künftigen Leben. Keine ärztliche Kunst vermochte es, ihr den Frohsinn oder die Gesundheit wiederzugeben. Die Frische ihrer Wangen verblaßte – die himmlischen Augen, bar ihrer früheren Lebhaftigkeit, nahmen nur noch gefangen durch den schmachtenden Ausdruck des Leidens, das ihre schöne Seele bedrückte. Noch hatte der Frühling die Wiesen nicht mit neuem Grün geschmückt, als diese Blume, die einst üppige Blüte verhieß, unwiederbringlich dahingegangen war in den Schoß der alles empfangenden Natur.

Man darf vermuten, daß Vera vor ihrem Tode außer dem geistlichen Vater auch Pavel die Umstände ihres letzten Lebensjahres anvertraut hatte, die nur sie allein wissen konnte. Als sie starb, weinte der junge Mann nicht, noch zeigte er Trauer. Bald darauf jedoch kehrte er der Hauptstadt den Rücken und ließ sich, von der alten Dienerin begleitet, auf dem fernen väterlichen Landsitz nieder.

Dort galt er im ganzen Umkreis als Sonderling und zeigte in der Tat Anzeichen geistiger Verwirrung. Nicht nur die Nachbarn, selbst die Bauern und Diener bekamen ihn nach seiner Ankunft nie zu Gesicht. Er ließ sich Bart und Haare wachsen, verließ bis zu drei Monaten nicht das Kabinett, gab den größten Teil seiner Befehle schriftlich, und manchmal, wenn man ihm ein Papier zur Unterschrift vorlegte, kam es vor, daß er es statt mit der eigenen mit einer merkwürdigen fremden Unterschrift versehen zurückgab. Frauen vermochte er nicht zu ertragen, und sah er einen großgewachsenen blondgelockten Mann mit grauen Augen, verfiel er in krampfhafte Zuckungen, in Raserei. Einmal, als er, seiner Gewohnheit folgend, im Zimmer auf und ab schritt, trat er just in diesem Augenblick an die Tür, als Lavrentij sie öffnete, um ihm über irgend etwas Meldung zu machen. Pavel erbebte: »Du hast sie umgebracht, nicht ich«, – sagte er jäh, –

um darauf den alten Mann eine Woche lang um Verzeihung zu bitten, den er so ungeschickt zur Tür hinausgestoßen hatte, daß dieser sich um ein Haar an einem Mauervorsprung den Hals gebrochen hätte. »Seitdem, – sprach Lavrentij, – klopfe ich immer vorher an und gehe erst dann hinein und mache seiner Erlaucht Meldung.«

Pavel starb, lange bevor er das Alter erreicht hatte. Seine und Veras Geschichte kennen einige Angehörige der mittleren Kreise Petersburgs, durch die sie, dank mündlicher Überlieferung, an mich gelangt ist. Und im übrigen, verehrte Leser, werden Sie besser beurteilen können als ich, ob man ihr Glauben schenken darf und woher bei Teufeln diese Lust kommt, sich in menschliche Dinge zu mischen, wenn niemand sie darum gebeten hat.

Tit Kosmokratov

Das Häuschen in Kolomna

I

Vierfüßige Jamben reizen mich nicht sehr,
Den Knaben werd ich sie als Spielzeug lassen,
Fünffüßig will ich dies Poem nunmehr
In schöne achtzeilige Strophen fassen.
Dreifache Harmonie könnt ich unschwer
Im Handumdrehn erzielen solchermaßen.
Die Reime find ich leicht, hab ich erst zwei,
Spaziert der dritte ganz von selbst herbei.

2

Damit die Reime nicht auf Stelzen gehen,
Nehm ich dazu auch Verben ungeniert,
Mag das zwar allen Bräuchen widerstehen,
Kein Grund, daß man sich drüber echauffiert.
Hab ich, Schichmatow gleich, wie man gesehen,
Bisher auch diese Bräuche respektiert,
Warum, beim Himmel, sollte ich mich schämen,
Von nun an Verben für den Reim zu nehmen!

3

Die Verben auszumustern, find ich dumm,
So wie man's macht mit krüppligen Rekruten
Oder mit Gäulen, die ein bißchen krumm.
Ich mache Reime selbst aus Attributen

Und wühl im Lexikon nach Silben rum,
Die tauglich sind. Aus guten, minder guten
Formiere ich ein Heer in Reih und Glied,
Das nicht nur protzig zur Parade zieht.

4

Achtung und hergehört, ihr Silbenreihen,
Mögt ihr nun weiblich oder männlich sein,
Richt' euch und schwenkt zu dreien und zu zweien
In die Oktaven-Marschkolonne ein!
Habt keine Angst, daß wir zu strenge seien,
Setzt unbefangen mählich Bein vor Bein,
Im Gleichschritt werden ohne Schwierigkeiten
Wir bald auf glatter Straße vorwärts schreiten.

5

Wie lustig, wenn man seine Verse führt
Beziffert als geordnete Verbände,
Wenn keiner seitwärts schleichend sich verliert,
Als ob er aus dem Feld zur Flucht sich wende,
Wenn jede Silbe steht, wie sich's gebührt,
Und jeder Vers als Held sich zeigt am Ende,
So daß man von dem Dichter sagen kann:
Er gleicht Napoleon oder Tamerlan.

6

Bei dieser Stelle möcht ich kurz verweilen. –
Nicht weil den Einsatz ich erneuern möcht –
Ich will nur sagen: In fünffüßigen Zeilen
Wär die Zäsur beim zweiten Fuß mir recht,
Sonst plumpst der Vers beim schnellen Weitereilen
In eine Grube, und das wäre schlecht.
Selbst auf dem Sofa hier schien mir's zu holpern,
Als müßt ich über Ackerfurchen stolpern.

7

Wie dem auch sei, man kann nicht jeden Tag
Nur auf dem glatten Newskij promenieren,
Man geht auch nicht zum Ball, sooft man mag,
Um das Parkett beim Tanzen zu polieren,
Auch reiten ist nicht jedermanns Geschmack,
Quer durch Kirgisien. – Ich werd kutschieren
So wie der Kauz, der, ohn' zu rasten, ritt
Von Moskau zur Newá – gemach im Schritt.

8

Mein gutes Roß holt Pegasus, die Mähre,
Die alt und zahnlos ward, dennoch nicht ein.
Im Brunnen, den sie grub, gähnt graue Leere,
Brennesseln decken des Parnaß Gestein.
Apoll ist pensioniert, und seine Chöre
Erklingen jetzt nicht mehr, uns zu erfreun.

Sein Zelt, herabgestürzt von heiligen Höhen,
Ist heute auf dem Trödelmarkt zu sehen.

9

So setz dich, Muse, in die Ärmel quer
Die Hände schieb, still unterm Tischchen lasse
Die Füße, Wildfang, wirble nicht umher,
Daß Form und Inhalt gut zusammenpasse,
Denn jetzt geht's los mit unsrer Schauermär:
Es stand einmal ein Häuschen in der Gasse
Bei Sankt Marien hinterm Wächterhaus.
Harmlos und friedlich sah das Häuschen aus.

10

Heut ist es weg. – Wo ich es hab gesehen,
Hat man ein Haus, drei Stockwerk hoch, gebaut
Mit einem Freund hab im Vorübergehen
Ich mir die Gegend neulich angeschaut.
Denn wieder fiel mir ein, was da geschehen,
In jenem kleinen Häuschen, still und traut.
Ein Mädchen wohnte da, schön zum Entzücken
Oft sah ich sie dort aus dem Fenster blicken.

11

Das große Haus, mißmutig sah ich's an.
Wär augenblicks ein Brand darin entstanden,
Es hätte meinem Herzen wohlgetan,

Ging' es dabei bis auf den Grund zuschanden!...
Seltsame Träume sind's, die dann und wann
Wie wilde Wogen die Vernunft umbranden.
Manch Unsinn fällt uns ein, streift man allein
Oder mit einem Freund umher zu zwein!

12

Wohl dem, der dann die Worte und Gedanken
Im Zaume hält und lenkt aufs rechte Gleis,
Des Herzens Schlange abwürgt ohne Wanken
Und, schießt sie vor, sie zu beschwichtigen weiß.
Doch wer geschwätzig sich nicht hält in Schranken,
Gibt seinen Ruf leicht den Verleumdern preis.
Ich, dem der Arzt verbot, Trübsal zu blasen,
Scher mich nicht drum, gebrauche keine Phrasen.

13

Drum freiheraus gesagt: Die Jungfrau war
So schön, wie selten eine ich erblickte,
Schwarz wie die Nacht die Augen und ihr Haar,
Die Haut so zart, daß jeden sie entzückte,
Zudem war sie gescheit, las Bücher gar
Von Emin (was die Mutter kaum beglückte,
Die Witwe war, bebrillt, bigott und alt,
Mit Zügen, wie sie Rembrandt oft gemalt).

14

Mein Herz schlug, wenn das schöne Kind zur Laute
Das Lied »Es seufzt das graue Täubchen« sang
Sowie »Ich tret heraus...«, wobei das traute
Gesumm des Samowars vom Ofen klang,
Indes der Winterabend draußen graute.
In allen ihren Weisen Wehmut schwang,
Sie klangen, so wie Russenlieder klingen,
Die unsre Mädchen selbst im Frühling singen.

15

Trübselig in des Wortes wahrem Sinn,
Vom Fuhrmann bis zum edelsten Poeten,
Ist unser Lied! – Gram drückt sich aus darin,
Als ob wir niemals Grund zur Freude hätten.
Wo man in Rußland singt, nur zu Beginn
Singt man auf die Gesundheit froh bei Feten,
Doch bald schwelgt in schwermütiger Harmonie
Der Musen wie der Mädchen Melodie.

16

Parascha war der Name unsrer Schönen,
Sie konnte waschen, bügeln, stricken, nähn.
Die wahre Hausherrin war sie zu nennen.
Durch ihre Hände mußte alles gehn.
Sollt nicht der Brei im Kochtopf stets anbrennen,
Dann mußte selbst sie in der Küche stehn.

Der Köchin, welche taub auf beiden Ohren,
Ging der Geruchsinn ja schon längst verloren.

17

Die alte Mutter sah man tags nur still
Am Fenster sich mit Strickarbeiten plagen,
Indessen abends ihr nur noch gefiel
Das Kartenlegen, um draus wahrzusagen.
Die Tochter trieb dafür ein andres Spiel:
Neugierde schien sie hin und her zu jagen,
Sie spähte oft am Tag durchs Fenster flink
Nach jedem, der vorbeiritt oder -ging.

18

Im Winter konnte das zwar kaum geschehen,
Da werden früh die Läden zugemacht,
Im Sommer konnt' Diana lange sehen
Tief in des Mädchens Stube oft zur Nacht.
(Dies Bild darf heut kein Dichter übergehen,
Es sei, er läßt die Mode außer acht.)
Die Alte schnarchte, und der Morgen graute,
Indes Parascha in den Mond noch schaute.

19

Und lauschte auf die Katzen unterm Dach,
Die ihren Brunstschrei in die Stille gellten,
Die sonst der Turmuhr Schlag nur unterbrach

Sowie des Wächters Ruf, während nur selten
Zwei Menschenschatten huschten, die hernach
Sich einen dunklen Platz zum Treffpunkt wählten.
Dann pochte vor verhaltner Liebeslust
Das Herz laut hörbar in Paraschas Brust.

20

Doch sonntags sah man sie, um Gott zu dienen,
Mit ihrer Mutter in die Kirche gehn
Nach Sankt Marien und mit frommen Mienen
Ganz vorne links am Chor andächtig stehn.
Noch heute zieht's mich selbst mit allen Sinnen
In diese alte Kirche, die so schön,
Daß ich behaupte, wer, wie ich, je Messen
Dort hörte, kann's sein Lebtag nicht vergessen.

21

Auch eine Gräfin war dort stets zu sehn
(Den Namen weiß ich heut nicht mehr zu sagen).
Reich war sie, jung und majestätisch schön
In ihrem hohen weißen Spitzenkragen.
Ich sah sie stolz sogar beim Beten stehn.
Oft trieb's mich Sünder, einen Blick zu wagen,
Und mit Parascha den Vergleich zu ziehn,
Die dann recht arm und blaß dagegen schien.

22

Manchmal geschah's, daß auch die Gräfin blickte
Hochmütig, lässig auf Parascha hin,
Die im Gebet, das sie der Welt entrückte,
Versunken blieb mit kindlich frommem Sinn.
Inbrünstiger Glaube, wahre Demut drückte
Sich ohne eitle Selbstsucht aus darin,
Indes die Gräfin nur des Eindrucks dachte,
Den ihre Schönheit und Garderobe machte.

23

Doch diese ganze Schönheit wirkte kalt,
Nur Eitelkeit ließ ihren Glanz entbrennen,
So schien es wohl, doch ich verstand es bald,
Die Gründe ihres Hochmuts zu erkennen:
Ein langer Kummer hielt ihr Herz umkrallt,
Verhärtete die Seele dieser Schönen,
Eh sie geahnt, daß ich durchschaut den Schein,
Sollt ich vielleicht ihr nächstes Opfer sein.

24

So schön und reich sie war, so daß ihr Leben
Ganz unbeschwert im Nichtstun floß dahin,
Obwohl Fortuna alles ihr gegeben
An Modeglanz und Luxus – ohne Sinn
Und ohne Glück blieb all ihr weiblich Streben.
Ach, hundertmal gesegneter darin

Sollt sich Parascha, der nur Schlichtheit eigen
Und Herzenswärme, in der Folge zeigen.

25

Stand sie am Fenster mit dem langen Zopf,
Dem billigen Kettchen, um den Hals gewunden,
Dem schlichten Tüchlein um den Lockenkopf,
Zum Knoten kreuzweis unterm Kinn gebunden,
Dann lenkte manch ein schnurrbärtiger Tropf
Sein Pferd vorbei – das ging so Stund um Stunden.
Verrückt nach ihr Gardist wie Leutnant war,
War sie auch arm und goldenen Schmuckes bar.

26

Welchem Verehrer sie ihr Herz gegeben,
Ob sie gefühllos gegen alle blieb,
Wir werden's sehn. – Friedlich noch schien ihr Leben,
Als ob sie keinerlei Erfolgssucht trieb,
Beim Ball zu glänzen, nach Paris zu streben.
Selbst was bei Hof sich tat, schien ihr nicht lieb,
Obwohl durch eine Base, deren Gatte
Hoffurier war, sie dort Beziehung hatte.

27

Das Schicksal änderte die Lage jäh:
Die Köchin wurde krank. Daß man sie rette,
Gab man ihr warmen Wein, Kamillentee,

Doch ohne, daß es was gebessert hätte.
Die Nacht vor Weihnacht – draußen lag längst Schnee –
Fand man sie tot und starr in ihrem Bette.
Kurz war die Trauer und das Abschiedsweh.
Am nächsten Tag schon war sie aufgebahrt
Und trat nach Ochta an die letzte Fahrt.

28

Der Kater Waska war's, der sie noch lange
Beweinte, währenddes die Witwe schon
Nach ein paar Tagen, um ihr Wohlsein bange,
Sich eine Köchin, die um kleinen Lohn
Die Küche und die Wirtschaft hielt im Schwange,
Von Gott erbat und seinem lieben Sohn.
»Parascha«, rief sie, »geh die Nachbarn grüßen
Und frag, ob sie solch eine Köchin wissen!«

29

Parascha war sofort dazu bereit
Und machte sich davon, warm angezogen,
(Denn Winter war's, es hatte lang geschneit,
Nun funkelte frostklar der Himmelsbogen).
Die Mutter schlief schon seit geraumer Zeit,
Als, wie ein Engel leis hereingeflogen,
Parascha vor ihr stand um Mitternacht
Und sprach: »Ich hab die Köchin mitgebracht.«

30

Da trat hervor mit schüchternem Gebaren
Ans Bett der Alten, welche halb noch schlief,
In kurzem Rock und mit verhüllten Haaren
Ein hochgewachsnes Mädchen, das sich tief
Verneigte, um in Demut zu erstarren.
Nun, das gefiel der Alten, und sie rief:
»Was forderst du? Ich hab nichts zu verschenken!«
Das Mädchen hauchte: »Was die Gnädige denken...«

31

Die Alte hörte diese Antwort gern.
Als sie des Mädchens Namen dann vernommen,
Sprach sie: »Bist jung, Mawruscha, hältst du fern
Uns auch die Männer, bist du uns willkommen.
Die alte Köchin ließ nie einen Herrn
Ins Haus. Zehn Jahr vertrauten dieser frommen,
Getreuen Magd wir ganz, tu deine Pflicht
Wie sie, sei fleißig und bestiehl uns nicht!...«

32

Nach ein paar Tagen ließ sich schon erkennen,
Daß Mawra kaum geschickt als Köchin war.
Mal ließ sie überkochen, mal anbrennen
Die Suppe und versalzte sie sogar,
Zerbrach die Teller und begann zu stöhnen,
Wenn sie beim Nähn sich stach – war's da nicht klar,

Daß, eh Mawruscha nichts als Pfusch vollbrachte,
Parascha lieber alles selber machte?

33

Die fromme Mutter mit der Tochter ging
Zur Messe wie am Sonntagmorgen immer.
Mawruscha blieb zu Haus, das arme Ding,
Geplagt von Zahnweh in der Nacht, das schlimmer
Geworden war, indessen trotzdem flink
Den Kuchen backen wollt das Frauenzimmer.
Die Alte ließ es zu, im Bethaus dann
Fiel sie erst Sorge und Entsetzen an.

34

Warum ist diese Närrin jetzt so plötzlich
Versessen auf die Kuchenbäckerei?
Ausrauben will sie uns vielleicht? – Entsetzlich!
Und macht sich aus dem Staub? – Ah, Teufelei!
Das wär ein Feiertag, der kaum ergötzlich!
Barmherziger Gott im Himmel, steh mir bei!
Gequält von diesem schrecklichen Gedanken,
Sah man sie jählings aus der Kirche wanken.

35

»Bleib hier, Parascha, Kind, ich muß nach Haus!«
Sprach sie. »Ich fühl's, ein Unglück ist geschehen!«
Und durch die Halle gradenwegs hinaus

Sah die erstaunte Tochter sie schon gehen.
Dann eilte sie, gejagt von Furcht und Graus,
Lief in die Küche... nichts war da zu sehen,
Brach ein ins Schlafgemach, vor Angst halbtot...
O Gott! Welch grauses Bild sich ihr dort bot!

36

Vorm Spiegel saß die Köchin, schwang ein Messer
Und – schabte sich die Seife ab vom Kinn.
Die Alte schrie, als säß ein Menschenfresser
Vor ihr und – fiel ohnmächtig rücklings hin.
Der Menschenfresser fand es trotzdem besser,
Der Nemesis sich schleunigst zu entziehn,
Sprang über sie hinweg zur Tür (nicht achtend
Der Witwenehre), nur nach Rettung trachtend.

37

Die Messe war zu Ende. Heimgekommen,
Betrat Parascha schnell das Schlafgemach.
Die arme Alte schien noch ganz benommen,
Als sie, vor Schrecken zitternd, schließlich sprach:
»Mawruscha...« – »Ja, was ist?« – »Statt einer frommen,
Ehrlichen Köchin... Täubchen... Tochter... ach...
Kam uns ein Dieb ins Haus... grad beim Rasieren
Traf ich ihn an, da mußt er retirieren!...«

38

Ob nun Parascha rot ward oder nicht,
Kann ich nicht sagen; doch seit diesen Stunden
Kam die Mawruscha niemals mehr in Sicht!
Sie war ohne den kleinsten Lohn verschwunden,
Noch eh sie größres Unheil angericht'
Beim Mädchen und der Witwe. – Unumwunden
Bekenn ich: wer sie dann im Haus ersetzt',
Das weiß ich nicht. Ich komm zum Schlusse jetzt.

39

»Was? War das alles?« – »Ja.« – »Ich muß schon sagen:
Weit haben die Oktaven uns gebracht!
Was haben Sie denn solchen Lärm geschlagen,
Ein Heer versammelt und mit Lob bedacht?
Und dann so eine Farce! Darf man fragen:
Hat Sie kein bessres Thema angelacht?
Und an Moral gibt es denn gar kein Quentchen?«
»Nein ... – oder doch: Geduld! Nur ein Momentchen ...

40

Hier die Moral: Es ist nicht angebracht,
Beim Küchenpersonal am Lohn zu sparen;
Und wer als Mann geboren ist, den macht
Ein Rock nur komisch, ja er birgt Gefahren:
Denn irgendwann – hat er das wohl bedacht? –
Muß er sich doch rasieren, ein Verfahren,

Das der Natur der Damen fremd ist. – Mehr
Gibt mein Bericht, wie man's auch dreht, nicht her.«

Der Postmeister

Kollegienregistrator,
Der Poststation Diktator.
Fürst Wjasemskij

Wer hat die Postmeister noch nicht verflucht, wer hat mit ihnen noch nicht herumgeschimpft? Wer hat im Augenblick des Zorns von ihnen nicht das verhängnisvolle Buch gefordert, um darin seine nutzlose Beschwerde über Unterdrükkung, Grobheit und Nachlässigkeit einzutragen? Wer hält sie nicht für Ungeheuer in Menschengestalt, ähnlich den früheren Amtsschreibern oder zumindest den Muromschen Räubern? Doch seien wir gerecht, versuchen wir, uns in ihre Lage zu versetzen, und vielleicht werden wir über sie viel nachsichtiger urteilen. Was ist ein Postmeister? Ein wahrer Märtyrer der vierzehnten Klasse, den sein Dienstrang nur vor Schlägen schützt, und auch das nicht immer. (Ich appelliere an die Ehrlichkeit meiner Leser.) Worin besteht der Dienst dieses Diktators, wie ihn Fürst Wjasemskij scherzhaft nennt? Ist das nicht die reinste Sträflingsarbeit? Weder Tag noch Nacht Ruhe. Allen Ärger, der sich während der langweiligen Fahrt angesammelt hat, läßt der Reisende an dem Postmeister aus. Das Wetter ist unerträglich, der Weg abscheulich, der Kutscher starrköpfig, die Pferde kommen nicht voran – und schuld daran ist der Postmeister. Der Reisende, der in seine ärmliche Behausung tritt, betrachtet ihn als Feind; es ist noch gut, wenn es gelingt, den ungebetenen Gast bald loszuwerden, doch wenn keine Pferde da sind?... Du lieber Himmel! Was für Beschimpfungen, was für Drohungen hageln auf sein Haupt hernieder! In Regen und Schlamm muß er von einem Bauerngehöft zum anderen laufen, und bei Sturm und starkem Januarfrost geht er in die Diele, um sich nur für eine Minute von den Schreien und Knüffen des gereizten Gastes zu erholen. Ein General kommt angefahren, der zitternde Postmeister gibt ihm die beiden letzten Dreigespanne, darunter auch das des Kuriers. Der General fährt ohne ein Wort des Dankes davon. Fünf Minuten später – Glöckchengeklingel!... Und der Kurier wirft ihm die Order für Postpferde auf den Tisch!... Wenn wir uns all das richtig vor Augen halten, so wird aufrichtiges Mitleid anstelle der Empörung unser Herz erfüllen. Noch ein Wort: Im Laufe von zwanzig Jahren bin ich kreuz und quer, in allen Richtungen durch Rußland gefahren; fast alle Poststraßen sind mir bekannt; ich kenne mehrere Generationen von Kutschern, es wird kaum einen Postmeister geben, den ich nicht gesehen habe und mit dem ich nicht zu tun gehabt hätte; den höchst interessanten Vorrat meiner Reisebeobachtungen hoffe ich in nicht allzu ferner Zeit herauszugeben; vorläufig sage ich nur, daß die Allgemeinheit eine völlig falsche Vorstellung vom Stand der Postmeister hat. Diese so verleumdeten Postmeister sind im allgemeinen friedliche Menschen, von Natur aus hilfsbereit, verträglich, wenig ehrhungrig und nicht allzu geldgierig. Aus ihren Gesprächen (auf die die Herren Reisenden zu Unrecht keinen Wert legen) kann man eine Menge Interessantes und Belehrendes erfahren. Was mich anbelangt, so ziehe ich, offen gestanden, ihre Unterhaltung den Reden irgendeines Beamten der sechsten Klasse, der sich auf einer Dienstreise befindet, vor.

Es ist leicht zu erraten, daß ich Freunde aus dem ehrbaren Stand der Postmeister habe. In der Tat ist mir die Erinnerung an einen von ihnen teuer. Die Umstände hatten uns einst zusammengeführt, und ich habe vor, mich über ihn mit den freundlichen Lesern zu unterhalten.

Im Jahre 1816, im Monat Mai, geschah es, daß ich durch das Gouvernement *** fuhr, und zwar auf einer Strecke, die heute nicht mehr existiert. Ich hatte keinen hohen Rang, fuhr mit Postpferden, die auf jeder Station ausgewechselt wurden, und hatte das Fahrgeld für zwei Pferde bezahlt. Infolgedessen nahmen die Postmeister nicht viel Rücksicht auf mich, und oft erkämpfte ich, was mir – meiner Meinung nach – rechtmäßig zustand. Da ich jung und ein Hitzkopf war, entrüstete ich mich über die Niedertracht und den Kleinmut des Postmeisters, wenn dieser das für mich bereitgestellte Gespann der Kutsche eines höheren Beamten überließ. Ebenso konnte ich mich lange nicht daran gewöhnen, daß ich bei einem Mittagessen, das der Gouverneur gab, von dem wählerischen Diener übergangen wurde. Heute scheint mir sowohl das eine wie das andere völlig in Ordnung zu sein. In der Tat, wo kämen wir hin, wenn statt der praktischen Regel *Erweise dem Rang die Ehre* eine andere eingeführt würde, zum Beispiel: *Erweise dem Verstand die Ehre*? Was für ein Streit würde entbrennen! Und wem würden die Diener zuerst auftragen? Doch ich wende mich meiner Erzählung zu.

Der Tag war heiß. Drei Werst von der Poststation *** fielen auf einmal Regentropfen, und innerhalb einer Minute hatte mich ein Platzregen bis auf die Haut durchnäßt. Als ich auf der Station ankam, war meine erste Sorge, mich so schnell wie möglich umzuziehen, und die zweite, um Tee zu bitten. »He, Dunja!« rief der Postmeister, »trag den Samowar auf, und hol die Sahne!« Während dieser Worte war ein Mädchen von ungefähr vierzehn Jahren hinter der Zwischenwand hervorgekommen und lief in die Diele. Ihre Schönheit versetzte mich in Erstaunen. »Ist das deine Tochter?« fragte ich den Postmeister. »Ja, Herr«, sagte er mit selbstzufriedener Miene, »und so klug ist sie, so flink, ganz wie die verstorbene Mutter.« Darauf machte er sich an die Abschrift meiner Order, und ich betrachtete die Bilder, die seine bescheidene, doch saubere Wohnung schmückten. Sie stellten die Geschichte des verlorenen Sohnes dar: Auf dem ersten verabschiedet sich ein ehrwürdiger Alter in Hausrock und Kappe von einem unruhigen Jüngling, der eilig seinen Segen und einen Geldsäckel entgegennimmt. Auf dem zweiten wird in eindrucksvoller Weise das lasterhafte Leben des jungen Mannes gezeigt: Er sitzt an einem Tisch, umringt von falschen Freunden und sittenlosen Frauen. Auf dem nächsten hütet der Jüngling, nachdem er sein ganzes Geld vergeudet hat, in abgerissener Kleidung und Dreispitz die Schweine und teilt mit ihnen ihre Nahrung; sein Gesicht drückt tiefe Trauer und Reue aus. Schließlich ist seine Heimkehr zum Vater dargestellt; der gute Alte, in derselben Kappe und demselben Hausrock, läuft ihm entgegen: Der verlorene Sohn liegt auf den Knien; im Hintergrund schlachtet der Koch ein gemästetes Kalb, und der älteste Bruder fragt das Gesinde nach dem Grund solcher Freude. Unter jedem Bild las ich passende deutsche Verse. All das hat sich bis heute meinem Gedächtnis eingeprägt, ebenso wie die Töpfe mit den Balsaminen, das Bett mit dem bunten Vorhang und die übrigen Dinge, die mich damals umgaben. Als wäre es heute, sehe ich den Hausherrn selbst vor mir, einen Mann von ungefähr fünfzig Jahren, frisch und gesund, und seinen langen grünen Rock mit drei Medaillen an den verblichenen Bändern.

Kaum hatte ich meinen alten Kutscher entlohnt, als Dunja mit dem Samowar zurückkam. Die kleine Kokette hatte bald gemerkt, was sie für einen Eindruck auf mich machte; sie schlug die großen blauen Augen nieder; ich fing mit ihr ein Gespräch an; sie antwortete mir ohne jegliche Schüchternheit, wie ein Mädchen, das die Welt gesehen hat. Ich bot ihrem Vater ein Glas Punsch an; Dunja erhielt von mir eine Tasse Tee, und wir begannen zu dritt eine Unterhaltung, als würden wir uns schon jahrelang kennen.

Die Pferde standen schon lange bereit, doch ich wollte mich immer noch nicht von dem Postmeister und seiner Tochter trennen. Schließlich verabschiedete ich mich von ihnen; der Vater wünschte mir eine gute Fahrt, und die Tochter begleitete mich bis zum Wagen. In der Diele blieb ich stehen und bat um die Erlaubnis, sie zu küssen; Dunja war einverstanden... Viele Küsse könnte ich aufzählen,

Seit ich mich damit abgegeben,

doch keiner von ihnen hat solch eine nachhaltige, solch eine angenehme Erinnerung in mir hinterlassen.

Einige Jahre vergingen, und die Umstände fügten es, daß ich dieselbe Poststraße und dieselbe Gegend bereiste. In meiner Erinnerung tauchte die Tochter des alten Postmeisters auf, und ich freute mich bei dem Gedanken, sie bald wiederzusehen. Doch vielleicht ist der alte Postmeister schon abgelöst worden, überlegte ich, und Dunja ist wahrscheinlich schon verheiratet. Der Gedanke an den Tod des einen oder anderen fuhr mir plötzlich durch den Kopf, und ich näherte mich der Station *** mit einem traurigen Vorgefühl.

Die Pferde hielten beim Stationshäuschen. Als ich in das Zimmer eintrat, erkannte ich sofort die Bilder wieder, auf denen die Geschichte des verlorenen Sohnes dargestellt war; Tisch und Bett standen an ihrem früheren Platz, doch in den Fenstern befanden sich keine Blumen mehr, ringsum sprach alles von Verfall und Nachlässigkeit. Der Postmeister hatte unter seinem Schafpelz geschlafen und war durch meine Ankunft geweckt worden; er richtete sich auf... Das war tatsächlich Samson Wyrin; doch wie sehr war er gealtert! Während er daranging, meine Order abzuschreiben, blickte ich auf sein graues Haar, auf die tiefen Falten in dem seit langem nicht mehr rasierten Gesicht, auf seinen gekrümmten

Rücken – und konnte mich nicht genug darüber wundern, daß drei oder vier Jahre aus einem kräftigen Mann einen schwächlichen Greis gemacht hatten. »Erkennst du mich wieder?« fragte ich ihn. »Wir sind alte Bekannte.« – »Kann sein«, entgegnete er mürrisch, »die Straße hier ist groß; bei mir sind viele Reisende gewesen.« – »Ist deine Tochter Dunja gesund?« fuhr ich fort. Der Alte zog die Brauen zusammen. »Der liebe Gott allein weiß das«, antwortete er. »Sie ist also verheiratet?« sagte ich. Der Alte tat, als hätte er meine Frage nicht gehört, und las im Flüsterton meine Order weiter. Ich hörte auf zu fragen und verlangte Tee. Mich begann die Neugier zu plagen, und ich hoffte, der Punsch würde meinem alten Bekannten die Zunge lösen.

Ich hatte mich nicht geirrt: Der Alte lehnte das angebotene Glas nicht ab. Ich merkte, daß der Rum seine Unfreundlichkeit verscheuchte. Beim zweiten Glase wurde er gesprächig, er erinnerte sich meiner oder tat wenigstens so, und ich erfuhr von ihm eine Geschichte, die mich zu jener Zeit stark beschäftigte und ergriff.

»Sie haben also meine Dunja gekannt?« hob er an. »Wer hat sie nicht gekannt? Ach, Dunja, Dunja! Was war das für ein Mädel! Wer auch immer hier vorüberfuhr, jeder hat sie gelobt, niemand getadelt. Vornehme Damen beschenkten sie, mal bekam sie ein Kopftuch, mal Ohrringe. Die Herren Reisenden unterbrachen mit Absicht ihre Fahrt, scheinbar, um zu Mittag oder zu Abend zu essen, in Wirklichkeit aber nur, um sie möglichst lange anzusehen. Es kam vor, daß ein Herr, wenn er auch noch so wütend war, still wurde, wenn er sie sah, und freundlich mit mir sprach. Glauben Sie mir, Herr: Die Eilboten und Kuriere haben sich mit ihr halbe Stunden lang unterhalten. Sie war die Stütze des Hauses: Was auch aufzuräumen, was auch zu kochen war, sie schaffte alles. Ich alter Dummkopf aber konnte mich nicht satt sehen an ihr, nicht genug freuen. Hab ich etwa meine Dunja nicht geliebt, hab ich mein Kind nicht gehegt, hat sie es schlecht gehabt? Aber nein, das Unglück kann man nicht abschwören, seinem Schicksal entgeht keiner.« Und nun schilderte er mir ausführlich sein Leid. An einem Winterabend vor drei Jahren war es, der Postmeister zog mit dem Lineal Zeilen in ein neues Buch, und seine Tochter nähte hinter der Zwischenwand an einem Kleid für sich, als eine Troika vorfuhr, ein Reisender, in Tscherkessenmütze, Militärmantel und in einen Schal gehüllt, das Zimmer betrat und Pferde verlangte. Doch alle Pferde waren gerade unterwegs. Bei dieser Nachricht erhob der Reisende schon seine Stimme und die Nagaika, doch Dunja, die an solche Szenen gewöhnt war, kam hinter der Zwischenwand hervorgelaufen und wandte sich liebenswürdig an den Reisenden mit der Frage, ob er nicht etwas essen wolle. Dunjas Erscheinen hatte die gewohnte Wirkung. Der Zorn des Reisenden verflog; er war einverstanden, auf die Pferde zu warten, und bestellte sich ein Abendessen. Dann nahm er die feuchte Fellmütze ab, wikkelte sich aus dem Schal, zog den Mantel aus, und zum Vorschein kam ein junger stattlicher Husar mit einem schwarzen Schnurrbärtchen. Er ließ sich bei dem Postmeister nieder und unterhielt sich fröhlich mit ihm und seiner Tochter. Das Abendessen wurde aufgetragen. Unterdessen waren Pferde eingetroffen, und der Postmeister befahl, sie sofort, ohne sie zu füttern, vor den Wagen des Reisenden zu spannen, doch als er zurückkam, lag der junge Mann fast ohnmächtig auf der Bank, ihm war schlecht geworden, er hatte Kopfschmerzen, an eine Weiterfahrt war nicht zu denken… Was tun? Der Postmeister trat ihm sein Bett ab, und man beschloß, falls sich das Befinden des Kranken nicht bessern sollte, am nächsten Morgen nach dem Arzt in S. zu schicken.

Am nächsten Tag ging es dem Husaren schlechter. Sein

Bursche ritt in die Stadt, um den Arzt zu holen. Dunja legte ihm ein mit Essig angefeuchtetes Tuch auf die Stirn und setzte sich mit ihrer Näharbeit neben sein Bett. In Gegenwart des Postmeisters stöhnte der Kranke und brachte kaum ein Wort heraus, doch trank er zwei Tassen Kaffee und bestellte stöhnend ein Mittagessen. Dunja wich nicht von seiner Seite. Alle Augenblicke wollte er trinken, und Dunja brachte ihm einen Becher mit Limonade, die sie selbst zubereitet hatte. Der Kranke netzte seine Lippen, und jedesmal, wenn er den Becher zurückgab, drückte er voller Dankbarkeit mit seiner schwachen Hand die Hand Dunjas. Gegen Mittag kam der Arzt. Er fühlte dem Kranken den Puls, unterhielt sich mit ihm in deutscher Sprache und erklärte auf russisch, daß der Kranke nur Ruhe brauche und in ungefähr zwei Tagen weiterreisen könne. Der Husar gab ihm fünfundzwanzig Rubel für den Besuch und lud ihm zum Mittagessen ein; der Arzt war einverstanden, beide aßen mit großem Appetit, tranken eine Flasche Wein, und beim Abschied war jeder mit dem anderen sehr zufrieden.

Ein weiterer Tag verging, und der Husar war wieder vollkommen gesund. Er war außerordentlich fröhlich und scherzte ohne Pause abwechselnd mit Dunja und dem Postmeister, pfiff Lieder vor sich hin, unterhielt sich mit den Durchreisenden, schrieb ihre Order in das Postbuch ein und gefiel dem braven Postmeister so sehr, daß dieser am dritten Morgen die Trennung von seinem freundlichen Gast bedauerte. Es war ein Sonntag, und Dunja wollte zum Hochamt gehen. Der Wagen des Husaren fuhr vor. Er verabschiedete sich von dem Postmeister und belohnte ihn reichlich für die Unterkunft und die Bewirtung, er verabschiedete sich auch von Dunja und erbot sich, sie bis zur Kirche mitzunehmen, die sich am Dorfrand befand. Dunja wußte nicht, was sie tun sollte... »Wovor fürchtest du dich?« sagte der Vater zu ihr.

»Seine Hochwohlgeboren ist doch kein Wolf und frißt dich nicht – fahr nur bis zur Kirche mit.« Dunja setzte sich neben den Husaren in den Wagen, der Bursche sprang auf den Bock, der Kutscher pfiff, und die Pferde jagten davon.

Der arme Postmeister begriff nicht, wie er selbst seiner Dunja die Erlaubnis geben konnte, mit dem Husaren zu fahren, warum er so verblendet gewesen war und wo er damals seinen Verstand gelassen hatte.

Es war noch keine halbe Stunde vergangen, als sich ihm das Herz zusammenzog, die Unruhe ergriff ihn in einem solchen Maße, daß er es nicht aushielt und selbst zum Hochamt ging. Als er sich der Kirche näherte, sah er, daß die Menschen schon auseinandergingen, doch Dunja war weder hinter der Umfriedung noch auf dem Kirchenvorplatz. Eilig ging er in die Kirche, der Geistliche trat gerade aus dem Altarraum heraus, der Kirchendiener löschte die Kerzen aus, und in einer Ecke beteten noch zwei alte Frauen, doch Dunja war nicht in der Kirche. Der arme Vater konnte sich kaum zu der Frage an den Kirchendiener entschließen, ob sie dem Gottesdienst beigewohnt habe. Der Kirchendiener antwortete, sie sei nicht dagewesen. Mehr tot als lebendig ging der Postmeister nach Hause. Eine einzige Hoffnung war ihm geblieben: Dunja konnte es mit der jungen Jahren eigenen Leichtfertigkeit in den Sinn gekommen sein, bis zur nächsten Poststation, wo ihre Patin wohnte, mitzufahren. Voll quälender Unruhe wartete er auf die Rückkehr der Troika, mit der er sie hatte fahren lassen. Der Kutscher wollte nicht kommen. Endlich kam er gegen Abend angefahren, allein, betrunken und mit der vernichtenden Nachricht: »Dunja ist von dieser Station aus mit dem Husaren weitergefahren.«

Der Alte ertrug sein Unglück nicht, auf der Stelle legte er sich in dasselbe Bett, in dem am Vorabend der junge Betrüger gelegen hatte. Jetzt, wo er alle Umstände überblickte, erriet der Postmeister, daß der Husar sich nur krank gestellt hatte. Der Arme bekam hohes Fieber; man brachte ihn nach S., und seine Stelle übernahm vorübergehend ein anderer. Derselbe Arzt, der den Husaren besucht hatte, behandelte auch ihn. Er versicherte dem Postmeister, daß der junge Mann vollkommen gesund gewesen sei und daß er schon damals die böse Absicht vorausgeahnt, doch aus Angst vor seiner Nagaika geschwiegen habe. Ob der Deutsche nun die Wahrheit sprach oder nur mit seinem Scharfsinn prahlen wollte – den armen Kranken tröstete er damit in keiner Weise. Kaum war der Postmeister von seiner Krankheit einigermaßen genesen, erbat er sich vom Verwalter des Postkontors in S. einen zweimonatigen Urlaub und machte sich, ohne jemandem ein Wort davon zu sagen, zu Fuß auf die Suche nach seiner Tochter. Aus der Anweisung wußte er, daß der Rittmeister Minskij von Smolensk nach Petersburg reiste. Der Kutscher, der ihn gefahren hatte, erzählte, daß Dunja den ganzen Weg geweint habe, obwohl sie, so schien es, auf eigenen Wunsch mitfuhr. Vielleicht gelingt es, dachte der Postmeister, und ich führe mein verlorenes Schäfchen heim. Mit diesem Gedanken gelangte er nach Petersburg, quartierte sich im Viertel des Ismailowskij-Garderegiments bei einem verabschiedeten Unteroffizier und alten Regimentskameraden ein und begann seine Nachforschungen. Bald erfuhr er, daß der Rittmeister Minskij in Petersburg sei und im Hotel Demut wohne. Der Postmeister beschloß, zu ihm zu gehen.

Früh am Morgen erschien er in seinem Vorzimmer und bat, Seiner Hochwohlgeboren zu melden, ein alter Soldat bitte darum, ihn zu sprechen. Der Bursche, der einen auf einen Leisten gespannten Stiefel putzte, erklärte, daß der Herr ruhe und vor elf Uhr niemanden empfange. Der Postmeister ging fort und kam zur festgesetzten Zeit wieder. Minskij selber, in Morgenrock und rotem Käppchen, kam ihm entgegen. »Nun, Bruder, was willst du?« fragte er ihn. Das Herz des Alten begann plötzlich heftig zu schlagen. Tränen traten ihm in die Augen, und mit zitternder Stimme sagte er nur: »Euer Hochwohlgeboren! Erweisen Sie mir eine große Gnade!...« Minskij warf schnell einen Blick auf ihn, wurde rot, ergriff seine Hand, führte ihn in sein Arbeitszimmer und riegelte hinter sich die Tür ab. »Euer Hochwohlgeboren!« fuhr der Alte fort, »was vom Wagen gefallen ist, ist verloren; geben Sie mir wenigstens meine arme Dunja zurück. Sie haben sich an ihr genug erfreut, richten Sie sie nicht unnötig zugrunde.« – »Was geschehen ist, ist geschehen«, sagte der junge Mann in äußerster Verwirrung. »Ich bekenne mich schuldig vor dir und bitte dich gern um Vergebung, doch denke nicht, daß ich Dunja verlassen kann – sie wird glücklich sein, ich gebe dir mein Ehrenwort. Wozu willst du sie haben? Sie liebt mich, sie ist ihr früheres Leben nicht mehr gewohnt. Weder du noch sie werden vergessen können, was geschehen ist.« Dann steckte er ihm etwas in den Ärmelaufschlag, riegelte die Tür auf, und der Postmeister, der nicht wußte, wie ihm geschah, fand sich auf der Straße wieder.

Lange stand er unbeweglich da, schließlich bemerkte er ein Bündelchen von Papieren in seinem Ärmelaufschlag; er nahm es heraus und wickelte einige zerdrückte Fünf- und Zehnrubelscheine auseinander. Wieder quollen ihm Tränen aus den Augen – Tränen der Empörung! Er knüllte die Scheine zusammen, warf sie auf den Boden, trat mehrere Male mit dem Stiefelabsatz darauf und ging davon... Nach einigen Schritten blieb er stehen, dachte nach... und kehrte um – doch die Scheine waren nicht mehr da. Ein gutgekleideter junger Mann eilte, als er ihn sah, zu einer Droschke, nahm hastig darin Platz und rief: »Vorwärts!« Der Postmeister lief ihm nicht hinterher. Er beschloß, nach Hause, auf seine Poststation, zu fahren, doch vorher wollte er wenigstens noch ein einziges Mal seine arme Dunja sehen. Mit diesem Ziel ging er nach etwa zwei Tagen wieder zu Minskij, jedoch der Bursche sagte ihm in rauhem Ton, daß der Herr niemanden empfange, schob ihn mit der Brust aus dem Vorzimmer und schlug ihm die Tür vor der Nase zu. Lange stand der Postmeister davor – doch schließlich ging er.

Am Abend desselben Tages ging er, nachdem er einen Bittgottesdienst in der Kirche »Aller Leidtragenden« hatte abhalten lassen, die Litejnaja entlang. Plötzlich fuhr eine elegante Kutsche an ihm vorüber, und der Postmeister erkannte Minskij darin. Der Wagen hielt vor einem zweistöckigen Haus, direkt vor der Auffahrt, und der Husar lief die Vortreppe hinauf. Dem Postmeister schoß ein glücklicher Gedanke durch den Kopf. Er kehrte um, und als er neben dem Kutscher stand, fragte er: »Wem gehört das Pferd, Bruder? Gehört es nicht Minskij?« – »So ist es«, antwortete der Kutscher. »Warum willst du das wissen?« – »Darum: Dein Herr hat mir befohlen, seiner Dunja ein Briefchen zu bringen, aber ich hab vergessen, wo seine Dunja wohnt.« – »Hier wohnt sie, im ersten Stock. Mit deinem Brief bist du zu spät gekommen, Bruder; jetzt ist er schon selber bei ihr.« – »Das macht nichts«, entgegnete der Postmeister mit einem unbeschreiblichen Gefühl im Herzen, »vielen Dank für den Hinweis, ich tue schon, was nötig ist.« Und mit diesen Worten begab er sich die Treppe hinauf.

Die Tür war verschlossen; er klingelte, und es vergingen einige Sekunden qualvollen Wartens. Der Schlüssel drehte sich laut, und man öffnete ihm. »Wohnt hier Awdotja Samsonowna?« fragte er. »Ja«, antwortete das junge Dienstmädchen, »was willst du von ihr?« Ohne zu antworten, trat der Postmeister in den Vorsaal. »Das geht nicht, das geht nicht!«

rief ihm das Dienstmädchen hinterher. »Awdotja Samsonowna hat Besuch.« Doch der Postmeister ging weiter, ohne auf sie zu hören. Die beiden ersten Zimmer waren dunkel, doch das dritte war erleuchtet. Er ging bis an die offene Tür und blieb stehen. In dem herrlich eingerichteten Zimmer saß nachdenklich Minskij. Dunja, prächtig nach der Mode gekleidet, saß auf der Armlehne seines Sessels wie eine Reiterin in ihrem englischen Sattel. Sie blickte Minskij zärtlich an und wickelte seine schwarzen Locken um ihre glänzenden Finger. Der arme Postmeister! Niemals war ihm seine Tochter so schön vorgekommen; unwillkürlich bewunderte er sie. »Wer ist da?« fragte sie, ohne aufzusehen. Er schwieg. Da sie keine Antwort erhielt, hob Dunja den Kopf – und fiel mit einem Schrei auf den Teppich. Der erschrockene Minskij stürzte zu ihr hin, um ihr aufzuhelfen, sah plötzlich in der Tür den alten Postmeister, wandte sich von Dunja ab und ging zitternd vor Wut auf ihn zu. »Was willst du?« sagte er zu ihm und biß die Zähne aufeinander. »Was schleichst du mir überall wie ein Räuber nach? Willst du mich vielleicht umbringen? Hinaus!« Und mit starker Hand packte er den Alten beim Kragen und stieß ihn bis auf den Flur hinaus.

Der Alte kehrte in seine Unterkunft zurück. Sein Freund riet ihm, Klage zu führen, doch der Postmeister überlegte, machte eine wegwerfende Handbewegung und beschloß, darauf zu verzichten. Nach zwei Tagen ging er von Petersburg zurück zu seiner Poststation und verrichtete wieder seinen Dienst. »Das dritte Jahr ist es nun schon«, schloß er, »daß ich ohne Dunja lebe und von ihr nichts höre und sehe. Ob sie noch lebt oder nicht, das weiß Gott allein. Möglich ist alles. Sie ist nicht die erste und auch nicht die letzte, die ein Windbeutel auf der Durchreise mit sich fortlockt, dann hält er sie aus, und danach läßt er sie fallen. In Petersburg gibt es viele von diesen jungen Närrinnen, heute in Samt und

Seide, und morgen siehst du sie zusammen mit den Bettlern aus den Spelunken die Straße kehren. Wenn ich manchmal daran denke, daß auch Dunja so zugrunde geht, dann kommen einem unwillkürlich sündhafte Gedanken, und man wünscht, sie wäre tot...«

Das war die Geschichte meines Bekannten, des alten Postmeisters, eine Geschichte, die oft von Tränen unterbrochen wurde, die er wie der eifrige Terentitsch in Dmitrijews schöner Ballade malerisch mit seinem Ärmel wegwischte. Zum Teil waren die Tränen von dem Punsch hervorgerufen worden, von dem er im Verlauf seiner Erzählung fünf Gläser trank, doch wie es auch sei, sie gingen mir sehr zu Herzen. Wir schieden voneinander, und lange konnte ich den alten Postmeister nicht vergessen, lange dachte ich an die arme Dunja zurück...

Als ich vor kurzer Zeit durch die Ortschaft *** kam, erinnerte ich mich meines Bekannten; ich erfuhr, daß die Poststation, der er vorstand, schon nicht mehr existierte. Auf meine Frage: »Lebt der alte Postmeister noch?« konnte mir niemand eine befriedigende Antwort geben. Ich entschloß mich, die bekannte Gegend zu besuchen, mietete Pferde und machte mich auf den Weg ins Dorf N.

Das geschah im Herbst. Graue Wolken bedeckten den Himmel, ein kalter Wind wehte von den kahlen Feldern und riß die roten und gelben Blätter von den Bäumen, die sich ihm entgegenstellten. Ich traf im Dorf bei Sonnenuntergang ein und machte am Posthäuschen halt. In die Diele (in der mich einst die arme Dunja geküßt hatte) kam ein dickes Weib und gab auf meine Fragen zur Antwort, daß der alte Postmeister schon seit einem Jahr tot sei, daß sich in seinem Hause ein Bierbrauer niedergelassen habe und sie die Frau des Bierbrauers sei. Mir tat es um meine ergebnislose Fahrt leid und um die sieben Rubel, die ich umsonst ausgegeben hatte. »Woran ist er denn gestorben?« fragte ich die Frau des Bierbrauers. »Er hat sich dem Trunk ergeben, Väterchen«, antwortete sie. »Und wo hat man ihn begraben?« – »Hinter dem Dorf, neben seiner verstorbenen Frau.« – »Könnte mich jemand zu seinem Grab führen?« – »Warum denn nicht. He, Wanka! Du hast genug mit der Katze gespielt. Führ mal den Herrn zum Friedhof, und zeig ihm das Grab vom Postmeister.«

Bei diesen Worten lief ein Junge in abgerissener Kleidung, rothaarig und scheeläugig, zu mir hinaus und führte mich sofort hinter das Dorf.

»Hast du den Verstorbenen gekannt?« fragte ich ihn unterwegs.

»Und ob! Er hat mir gezeigt, wie man eine Hirtenflöte zurechtschneidet. Wenn er (der Himmel sei ihm gnädig!) aus der Schenke kam, sind wir immer hinter ihm hergelaufen und haben gerufen: ›Großväterchen, Großväterchen! Gib uns Nüsse!‹ – und er hat uns Nüsse geschenkt. Er ist immer mit uns zusammen gewesen.«

»Und die Durchreisenden, erinnern die sich an ihn?«

»Jetzt gibt's nur wenig Durchreisende; höchstens kommt mal ein Beisitzer zu uns, aber der will mit den Toten nichts zu tun haben. Aber im Sommer ist eine Dame hier durchgereist, die hat nach dem alten Postmeister gefragt und ist zu seinem Grab gegangen.«

»Was für eine Dame?« fragte ich voller Neugier.

»Eine wunderschöne Dame«, antwortete der Junge, »sie ist in einer großen sechsspännigen Kutsche gefahren, drei kleine junge Herren, eine Amme und einen schwarzen Mops hat sie gehabt; und als man ihr gesagt hat, daß der alte Postmeister gestorben sei, da hat sie angefangen zu weinen, und zu den Kindern hat sie gesagt: ›Seid schön brav, ich gehe zum Friedhof.‹ Ich hatte mich angeboten, sie dorthin zu führen. Aber die Dame sagte: ›Ich kenne selbst den Weg.‹ Und hat mir ein silbernes Fünfkopekenstück gegeben – so eine gute Dame!«

Wir kamen auf den Friedhof, einen kahlen Platz ohne jegliche Umzäunung und von Holzkreuzen übersät, die nicht ein einziger Baum beschattete. In meinem ganzen Leben habe ich noch nie so einen traurigen Friedhof gesehen.

»Hier ist das Grab von dem alten Postmeister«, sagte der Junge zu mir und sprang auf einen Erdhügel, in den ein schwarzes Kreuz mit einem kupfernen Heiligenbild eingegraben war.

»Und hierher ist die Dame gekommen?« fragte ich.

»Ja«, antwortete Wanka. »Ich hab sie von weitem beobachtet. Sie lag hier und ist lange nicht aufgestanden. Und dann ist die Dame ins Dorf gegangen, ließ sich den Popen kommen, gab ihm Geld und fuhr fort, aber mir hat sie ein silbernes Fünfkopekenstück gegeben – so eine feine Dame!«

Auch ich gab dem Jungen ein Fünfkopekenstück und bedauerte weder die Fahrt hierher noch die sieben Rubel, die ich ausgegeben hatte.

Ägyptische Nächte

Erstes Kapitel

»Quel est cet homme?«
»Ha, c'est un bien grand talent, il fait de sa voix tout ce qu'il veut.«
»Il devrait bien, madame, s'en faire une culotte.«

Tscharskij war geborener Petersburger. Er war noch nicht dreißig Jahre alt und unverheiratet; er brauchte auch nicht die Last des Staatsdienstes zu tragen. Sein verstorbener Onkel, der zu einer günstigen Zeit Vizegouverneur gewesen war, hatte ihm ein beträchtliches Vermögen hinterlassen. Sein Leben hätte sehr angenehm sein können, aber er schrieb unglücklicherweise Verse und ließ sie auch drucken. In den Journalen nannte man ihn einen Dichter und in den Lakaienstuben – einen Versemacher.

Trotz aller großen Vorrechte, die die Dichter genießen (außer dem Rechte, nach gewissen Partikeln den Akkusativ statt des Genitivs zu setzen, und noch einigen anderen sogenannten poetischen Freiheiten sind uns, offen gestanden, keinerlei besondere Vorrechte, die die russischen Dichter genössen, bekannt) – wie dem auch sei, trotz aller möglichen Vorrechte sind diese Leute großen Nachteilen und Unannehmlichkeiten ausgesetzt. Das bitterste und unerträglichste Unglück eines Dichters ist sein Name und Stand, mit dem er gestempelt ist und den er niemals los wird. Das Publikum betrachtet ihn als sein Eigentum; es glaubt, daß er *zum Nutzen und Vergnügen* des Publikums geboren sei. Kehrt er vom Landaufenthalte zurück, so fragt ihn gleich der erste beste, der ihm begegnet: »Haben Sie uns nicht etwas Neues mitgebracht?« Wird er über seine zerrütteten Vermögensumstände oder über die Krankheit eines ihm lieben Menschen nachdenklich, so begleitet sofort ein abgeschmacktes Lächeln den abgeschmackten Ausruf: »Sie dichten wohl eben etwas?« Ist er verliebt, so kauft sich seine Schöne im Englischen Magazin ein Album und erwartet eine Elegie. Kommt er zu einem Menschen, den er gar nicht kennt, um über eine wichtige Angelegenheit zu sprechen, so ruft dieser gleich sein Söhnchen herbei und veranlaßt es, Verse des betreffenden Dichters zu rezitieren, und der Bengel traktiert den Dichter mit dessen eigenen verstümmelten Gedichten. Das sind aber noch die Freuden dieses Handwerks! Wie müssen erst seine Schattenseiten sein! Tscharskij sagte, daß alle die Begrüßungen, Anfragen, Alben und Bengel ihn auf die Dauer so langweilten, daß er sich jeden Augenblick zusammennehmen müsse, um nicht grob zu werden.

Tscharskij wandte jede erdenkliche Mühe auf, um von sich die ihm unerträgliche Standesbezeichnung abzuschütteln. Er mied die Gesellschaft seiner Kollegen, der Literaten, und zog ihnen selbst die hohlsten Salonmenschen vor. Er sprach immer von den abgeschmacktesten Dingen und berührte niemals die Literatur. In seiner Kleidung beobachtete er immer die letzte Mode mit der abergläubischen Scheu eines jungen Moskauers, der zum erstenmal in seinem Leben nach Petersburg gekommen ist. In seinem Kabinett, das wie ein Damenschlafzimmer aufgeputzt war, erinnerte nichts an einen Dichter; die Bücher lagen nicht auf den Tischen und unter den Tischen herum; das Sofa war nicht mit Tinte bespritzt; es war nichts von jener Unordnung zu sehen, die von der Anwesenheit der Muse und von der Abwesenheit einer Bürste und eines Besens zeugt. Tscharskij geriet in Verzweiflung, sooft er von einem seiner Freunde aus der großen Welt mit der Feder in der Hand überrascht wurde. Es ist kaum zu glauben, was für Dummheiten dieser im übrigen begabte und seelenvolle Mensch nicht alles trieb. Er gab sich bald als leidenschaftlicher Pferdeliebhaber, bald als enragierter Spieler, bald als raffinierter Gastronom, obwohl er niemals ein Gebirgspferd von einem Araber zu unterscheiden vermochte, sich niemals die Trümpfe merken konnte und im geheimen gebackene Kartoffeln allen Erfindungen der französischen Küche vorzog. Er führte ein höchst zerstreutes Leben, wohnte allen Bällen bei, überaß sich bei allen diplomatischen Diners und war bei jeder Soiree ebenso unvermeidlich wie das Resanowsche Gefrorene.

Er war aber dennoch Dichter, und seine Leidenschaft war unüberwindlich. Wenn dieser Quatsch (so nannte Tscharskij die Inspiration) über ihn kam, schloß er sich in seinem Kabinett ein und schrieb vom Morgen bis in die späte Nacht. Seinen aufrichtigen Freunden gestand er, daß er nur in solchen Stunden das wahre Glück genieße. Die übrige Zeit ging er mit hochmütiger Miene spazieren, jeden Augenblick gewärtig, die berühmte Frage zu hören: »Haben Sie nicht etwas Neues geschrieben?«

Eines Morgens fühlte sich Tscharskij in jener segensreichen Geistesverfassung, bei der die Visionen deutlicher vor uns treten und wir lebendige, unerwartete Worte für sie finden, wo die Verse sich unserer Feder fügen und die klangvollen Reime den wohlgebildeten Gedanken entgegeneilen. Tscharskij war mit ganzer Seele in ein wonniges Vergessen versunken – und die große Welt mit ihren Ansichten und seine eigenen Launen existierten für ihn nicht mehr. Er dichtete.

Plötzlich knarrte die Tür des Kabinetts, und ein Unbekannter steckte seinen Kopf herein. Tscharskij fuhr zusammen und runzelte die Stirn.

»Wer ist da?« fragte er verärgert und innerlich die Diener verfluchend, die sich niemals im Vorzimmer befanden.

Der Unbekannte trat ein.

Er war hochgewachsen, hager und schien an die dreißig Jahre alt. Die Züge seines dunklen Gesichtes waren ausdrucksvoll: Die blasse, hohe, von schwarzen Locken beschattete Stirn, die schwarzen, funkelnden Augen, die Adlernase und der dichte Vollbart, der seine eingefallenen gelblich-dunklen Wangen umrahmte, wiesen auf einen Ausländer hin. Er trug einen schwarzen, an den Nähten abgewetzten Frack und eine Sommerhose (obwohl es schon Spätherbst war); unter der abgeriebenen schwarzen Halsbinde funkelte auf dem gelblichen Vorhemde ein künstlicher Brillant; der rauhe Hut hatte wohl schon jedes gute und böse Wetter kennengelernt. Wenn man diesem Menschen in einem Walde begegnete, so würde man ihn für einen Räuber halten; in der Gesellschaft – für einen politischen Verschwörer; in einem Vorzimmer – für einen Scharlatan, der mit Elixieren und Arsenik handelt.

»Was wünschen Sie?« fragte ihn Tscharskij auf französisch.

»Signore«, antwortete der Fremde unter tiefen Verbeugungen. »Lei voglia perdonarmi se...«

Tscharskij bot ihm keinen Stuhl an und stand selbst auf; das Gespräch wurde auf italienisch fortgesetzt.

»Ich bin ein Künstler aus Neapel«, sagte der Fremde. »Die Umstände zwangen mich, mein Vaterland zu verlassen; ich kam nach Rußland im Vertrauen auf mein Talent.«

Tscharskij glaubte, der Italiener wolle einige Cellokonzerte geben und vertreibe die Billette von Haus zu Haus. Er wollte ihm schon seine fünfundzwanzig Rubel aushändigen, um ihn so rasch wie möglich loszuwerden, aber der Fremde fuhr fort: »Ich hoffe, Signore, Sie werden einem Kollegen den Freundschaftsdienst erweisen und ihn in die Gesellschaft einführen, in die Sie selbst Zutritt haben.«

Es wäre unmöglich, dem Ehrgefühl Tscharskijs einen empfindlicheren Stich zu versetzen. Er blickte den Menschen, der sich sein Kollege nannte, hochmütig an.

»Gestatten Sie die Frage: Wer sind Sie, und für wen halten Sie mich?« fragte er, seine Empörung nur mit Mühe zurückhaltend.

Der Neapolitaner sah seinen Ärger.

»Signore«, antwortete er stockend, »ho creduto ... ho sentito ... la Vostra Eccellenza mi perdonera ...«

»Was wünschen Sie?« wiederholte Tscharskij trocken.

»Ich habe viel von Ihrem wunderbaren Talent gehört; ich bin überzeugt, daß die hiesigen Herrschaften es sich als Ehre anrechnen, einem so ausgezeichneten Dichter jede mögliche Protektion zu erweisen«, antwortete der Italiener. »Und darum wagte ich, zu Ihnen zu kommen ...«

»Sie irren, Signore«, unterbrach ihn Tscharskij. »Den Dichterberuf gibt es bei uns nicht. Unsere Dichter genießen keine Protektion von großen Herren; unsere Dichter sind selbst Herren, und wenn es unsere Mäzene (hol sie der Teufel!) nicht wissen, so ist es um so schlimmer für sie. Es gibt bei uns keine zerlumpten Abbés, die sich der Musiker von der Straße holt, damit sie ihm ein Libretto verfassen. Unsere Dichter gehen nicht zu Fuß von Haus zu Haus, um um Unterstützung zu betteln. Übrigens hat man es Ihnen wohl nur zum Spaß gesagt, daß ich ein großer Dichter sei. Ich habe allerdings irgendwann einmal einige schlechte Epigramme geschrieben; aber mit den Herren Dichtern habe ich, Gott sei Dank, nichts gemein und will mit ihnen auch nichts zu tun haben.«

Der arme Italiener wurde verlegen. Er sah sich um. Die Bilder, Marmorstatuen, Bronzen und die teuren Bibelots auf den gotischen Etageren setzten ihn in Erstaunen. Er begriff, daß zwischen dem hochmütigen Dandy, der vor ihm in einem Käppchen aus Goldbrokat, einem goldgelben, mit einem türkischen Schal umgürteten chinesischen Schlafrock stand, und ihm, dem armen, herumziehenden Künstler mit der abgeriebenen Halsbinde und dem abgetragenen Frack nichts gemein sein konnte. Er stammelte einige unverständliche Entschuldigungen, verbeugte sich und wollte gehen. Sein elendes Aussehen rührte Tscharskij, der bei allen kleinlichen Zügen seines Charakters ein gutes und edles Herz hatte. Er schämte sich der Empfindlichkeit seines Ehrgeizes.

»Wo wollen Sie denn hin?« sprach er zu dem Italiener. »Warten Sie... Ich mußte den unverdienten Titel zurückweisen und Ihnen erklären, daß ich kein Dichter bin. Jetzt wollen wir von Ihren Geschäften reden. Ich will Ihnen jeden Dienst erweisen, den ich nur kann. Sind Sie Musiker?«

»Nein, Eccellenza!« antwortete der Italiener. »Ich bin ein armer Improvisator.«

»Ein Improvisator!« rief Tscharskij, dem die ganze Härte seines Benehmens zum Bewußtsein kam. »Warum haben Sie mir nicht gleich gesagt, daß Sie ein Improvisator sind?« Und Tscharskij drückte ihm mit aufrichtiger Reue die Hand.

Seine freundliche Miene ermunterte den Italiener. Dieser erzählte nun zutraulich von seinen Absichten. Sein Aussehen war nicht trügerisch. Er brauchte Geld und hoffte seine Verhältnisse in Rußland verbessern zu können. Tscharskij hörte ihn aufmerksam an.

»Ich hoffe«, sagte er dem armen Künstler, »daß Sie Erfolg haben werden: Die hiesige Gesellschaft hat noch nie einen Improvisator gehört. Die Neugier wird erregt sein. Die italienische Sprache ist bei uns allerdings nicht im Gebrauch: Man wird Sie nicht verstehen, aber das tut nichts. Die Hauptsache ist, daß Sie in Mode kommen.«

»Wenn bei Ihnen niemand Italienisch versteht«, erwiderte

der Improvisator nachdenklich, »wer wird dann kommen, um mich zu hören?«

»Die Leute werden schon kommen, haben Sie keine Sorge: die einen aus Neugier, die andern – um irgendwie den Abend totzuschlagen, die dritten – um zu zeigen, daß sie Italienisch verstehen; ich wiederhole: wichtig ist nur, daß Sie in Mode kommen; und ich gebe Ihnen meine Hand drauf, daß dies geschehen wird.«

Tscharskij verabschiedete sich freundlich vom Improvisator, ließ sich seine Adresse geben und fuhr noch am gleichen Abend aus, um sich für ihn zu verwenden.

Zweites Kapitel

> Ich Zar, ich Knecht, ich Wurm, ich Gott.
> *Dershawin*

Am nächsten Tag fand Tscharskij im dunklen und schmutzigen Wirtshauskorridor das Zimmer Nr. 35. Er blieb vor der Tür stehen und klopfte an. Der Italiener von gestern ließ ihn eintreten.

»Sieg!« sagte ihm Tscharskij: »Ihre Sache ist gemacht. Die Fürstin *** stellt Ihnen ihren Saal zur Verfügung; bei der gestrigen Soiree habe ich halb Petersburg gewonnen; lassen Sie die Billette und Anzeigen drucken. Ich garantiere Ihnen wenn nicht einen Triumph, so doch mindestens eine große Einnahme...«

»Und das ist die Hauptsache!« rief der Italiener, seine Freude durch lebhafte Gebärden, wie sie einem Südländer eigen sind, ausdrückend. »Ich wußte ja, daß Sie mir helfen würden. Corpo di Bacco! Sie sind Dichter wie ich; man kann sagen, was man will, aber die Dichter sind Prachtmenschen! Wie soll ich Ihnen danken? Warten Sie... wollen Sie eine Improvisation hören?«

»Eine Improvisation!... Können Sie denn ohne Publikum, ohne Musik, ohne brausenden Applaus improvisieren?«

»Unsinn, Unsinn! Wo finde ich ein besseres Publikum? Sie sind Dichter: Sie werden mich besser als alle verstehen, und Ihre unauffällige Aufmunterung ist mir wertvoller als ein ganzer Sturm von Applaus... Setzen Sie sich irgendwohin und geben Sie mir ein Thema.«

Tscharskij setzte sich auf einen Koffer (von den beiden Stühlen, die sich in dem engen und niedrigen Stübchen befanden, war der eine zerbrochen und der andere mit einem Haufen von Papieren und Wäsche belegt). Der Improvisator nahm von der Wand eine Gitarre, stellte sich vor Tscharskij hin und probte, in Erwartung seines Auftrages, mit den knochigen Fingern die Saiten.

»Hier haben Sie ein Thema«, sagte ihm Tscharskij: *»Der Dichter wählt sich selbst den Gegenstand für sein Gedicht; die Menge hat nicht das Recht, über seine Inspiration zu befehlen.«*

Die Augen des Italieners funkelten; er nahm einige Akkorde, hob stolz den Kopf, und feurige Verse – der Ausdruck seiner augenblicklichen Gefühle – kamen in vollendeter Anmut von seine Lippen... Da sind sie, von einem unserer Freunde frei nach den Worten wiedergegeben, die Tscharskij im Gedächtnis behalten hat.

Der Dichter geht, die Augen offen,
Doch sieht er niemand um sich her;
Da ist er plötzlich recht betroffen:
Am Ärmel zupft ihn irgendwer...
»Sag, wann hast du ein Ziel gefunden?
Sobald die Höhe du erreichst,

Senkst du den Blick sogleich nach unten,
Bestrebt, daß du herniedersteigst.
Die edle Welt schaust du mit Bangen;
Fruchtloses Fieber macht dich müd;
Nur Nichtiges nimmt dich gefangen,
Bedroht und lockt stets dein Gemüt.
Ein Genius muß zum Himmel streben,
Der wahre Dichter hat die Pflicht,
Erhabenem Gestalt zu geben
Durch sein begeisterndes Gedicht.«
Warum tobt Sturm in engen Schluchten
Und wirbelt Laub und Staub umher,
Wenn Schiffe gierig Winde suchten
Im unbewegten, starren Meer?
Warum stürzt sich der wilde Adler
Vom steilen Turm, vom Bergeslager
Auf dürren Baumstumpf? Frage ihn!
Warum liebt Desdemona kühn
Und ohne Schranken ihren Mohren,
So wie der Mond das Dunkel liebt?
Weil es für Herzen Zwang nicht gibt,
Weil Sturm und Adler frei geboren.
Der Dichter greift, dem Sturmwind gleich,
Das Schwerste auf und trägt es leicht –
Der Dichter fragt nicht andere Seelen,
Er fliegt als Adler, frei und wild,
Er kann wie Desdemona wählen
Für sich sein eignes Götzenbild.

Der Italiener verstummte ... Tscharskij schwieg gerührt und erstaunt.

»Nun?« fragte der Improvisator.

Tscharskij ergriff seine Hand und drückte sie kräftig.

»Wie war es?« fragte der Improvisator. »Wunderbar!« antwortete der Dichter: »Wie seltsam! Kaum schlug der fremde Gedanke an Ihr Ohr, so wurde er sofort zu Ihrem Eigentum, als hätten Sie ihn schon lange gehegt, herumgetragen und weitergeführt. Sie kennen also weder Mühe noch Abkühlung, noch die Unruhe, die der Begeisterung immer vorangeht? Wunderbar, wunderbar!...«

Der Improvisator antwortete: »Jedes Talent ist unerklärlich. Wie sieht der Bildhauer in einem Stück Carrara-Marmor den darin verborgenen Jupiter und bringt ihn mittels Hammer und Meißel, die harte Hülle sprengend, ans Licht? Warum verläßt der Gedanke den Kopf des Dichters, schon mit vier Reimen bewaffnet, in gleichmäßige, schlanke Versfüße geteilt? Niemand außer dem Improvisator selbst kann diese Schnelligkeit der Eindrücke begreifen, diesen innigen Zusammenhang zwischen der eigenen Inspiration und dem fremden, äußeren Willen; vergeblich wollte ich es selbst zu erklären versuchen. Aber... ich muß an mein erstes Auftreten denken. Was meinen Sie? Wieviel darf ich wohl für ein Billett verlangen, daß es dem Publikum nicht zu teuer sei, ich aber keinen Schaden habe? Man sagt, la signora Catalani hätte fünfundzwanzig Rubel verlangt. Das ist ein schöner Preis...«

Tscharskij war es unangenehm, aus poetischen Höhen plötzlich unter die Bank eines Handelsangestellten zu stürzen, er begriff aber wohl die Nöte des Lebens und ließ sich mit dem Italiener in merkantile Berechnungen ein. Der Italiener zeigte dabei eine so wilde Habgier, eine so einfältige Gewinnsucht, daß er Tscharskij zuwider wurde, und dieser beeilte sich, ihn zu verlassen, um das Entzücken über die glänzende Improvisation nicht ganz einzubüßen. Der um den Profit besorgte Italiener merkte diese Veränderung nicht und begleitete Tscharskij durch den Korridor und die Treppe hinunter unter tiefen Bücklingen und Versicherungen seiner ewigen Dankbarkeit.

Drittes Kapitel

> Eintritt 10 Rubel;
> Beginn um 7 Uhr abends.
> *Konzertanzeige*

Der Saal der Fürstin *** war dem Improvisator zur Verfügung gestellt worden; ein Podium war errichtet; die Stühle standen in zwölf Reihen. Am festgesetzten Tag war der Saal schon um 7 Uhr abends erleuchtet; vor dem Tischchen am Eingang, an dem die Billette verkauft und abgenommen wurden, saß eine alte Frau mit langer Nase, mit einem grauen Hut mit zerbrochenen Federn und mit Ringen an allen Fingern. Vor der Einfahrt standen Gendarmen. Das Publikum versammelte sich allmählich. Tscharskij kam als einer der ersten. Er nahm großen Anteil am Erfolg der Vorstellung und wollte den Improvisator sehen, um zu erfahren, ob er mit allem zufrieden sei. Er fand den Italiener in einem Nebenzimmer, ungeduldig auf die Uhr sehend. Der Italiener hatte sich wie ein Schauspieler kostümiert. Er war vom Kopf bis zu den Füßen schwarz gekleidet; der Spitzenkragen seines Hemdes stand offen; der bloße Hals stach in seiner seltsamen Weiße grell vom dichten schwarzen Vollbart ab; die in Locken herabfallenden Haare beschatteten Stirn und Brauen. Dies alles mißfiel Tscharskij, dem es unangenehm war, einen Dichter in der Kleidung eines umherziehenden Gauklers zu sehen. Nach einem kurzen Gespräch kehrte er in den Saal zurück, der sich immer mehr füllte.

Bald waren alle Stuhlreihen von Damen in glänzenden

Toiletten besetzt; die Herren bildeten einen engen Rahmen um das Podium, längs der Wände und hinter der letzten Stuhlreihe; die Musiker hatten sich mit ihren Pulten zu beiden Seiten des Podiums gruppiert.

In der Mitte stand ein Tisch mit einer Porzellanvase. Das Publikum war zahlreich; alle warteten mit Ungeduld auf den Beginn; endlich um halb acht gerieten die Musiker in Bewegung, erhoben ihre Bögen und stimmten die Ouvertüre zum »Tankred« an. Alle setzten sich und verstummten. Die letzten Töne der Ouvertüre verhallten... Der Improvisator näherte sich, von lautem Applaus aus allen Richtungen begrüßt, unter tiefen Verbeugungen dem Rande des Podiums.

Tscharskij wartete voller Unruhe auf den Eindruck dieses ersten Augenblicks; aber er merkte, daß der Aufzug des Italieners, der ihm so unziemlich erschienen war, auf das Publikum diesen Eindruck nicht machte; auch Tscharskij selbst konnte am Italiener nichts Lächerliches finden, als er ihn mit seinem blassen, von den vielen Lampen und Kerzen grell beleuchteten Gesicht auf dem Podium erblickte. Der Applaus verhallte, alle Gespräche verstummten... Der Italiener ersuchte die verehrten Anwesenden in schlechtem Französisch, einige Themen zu bestimmen und diese auf gesonderte Zettel zu schreiben. Bei dieser unerwarteten Aufforderung wechselten alle erstaunte Blicke, aber niemand meldete sich. Der Italiener wartete eine Weile und wiederholte seine Bitte mit schüchterner, demütiger Miene. Tscharskij stand ganz dicht vor dem Podium; eine Unruhe bemächtigte sich seiner; er sah, daß die Sache ohne seine Beihilfe nicht vorwärtskommen würde und daß er selbst ein Thema angeben müsse. Und in der Tat: einige Damen wandten sich an ihn und riefen ihn erst leise, dann immer lauter. Als der Improvisator Tscharskijs Namen hörte, suchte er ihn mit einem Blick zu seinen Füßen auf und reichte ihm mit freundschaftlichem Lächeln einen Bleistift und ein Stück Papier. Es war Tscharskij sehr unangenehm, eine Rolle in dieser Komödie spielen zu müssen; es war aber nichts zu machen; er nahm Bleistift und Papier aus der Hand des Italieners und schrieb einige Worte auf; der Italiener nahm die Vase vom Tisch, stieg vom Podium und ging auf Tscharskij zu, der seinen Zettel in die Vase warf. Sein Beispiel wirkte auf die andern; zwei Journalisten hielten sich als Literaten für verpflichtet, je ein Thema aufzuschreiben; ein Sekretär der Neapolitanischen Gesandtschaft und ein junger Mann, der eben von einer Reise zurückgekehrt war und noch von Florenz träumte, legten ihre zusammengerollten Zettel in die Urne. Schließlich schrieb ein unschönes junges Mädchen auf Befehl ihrer Mutter mit Tränen in den Augen einige Zeilen auf italienisch und reichte den Zettel, bis über die Ohren errötend, dem Improvisator, während die andern Damen sie schweigend, mit kaum merklichem Lächeln musterten.

Auf das Podium zurückgekehrt, stellte der Improvisator die Urne auf den Tisch und begann die Zettel einen nach dem andern herauszunehmen und laut vorzulesen:

»Die Familie der Cenci.
(La famiglia dei Cenci.)
L'ultimo giorno di Pompei.
Cleopatra e i suoi amanti.
La primavera veduta da una prigione.
Il trionfo di Tasso.

Was befiehlt das verehrte Publikum?« fragte der Italiener bescheiden: »Will es mir eines der vorgeschlagenen Themen selbst bestimmen oder das Los entscheiden lassen?...«

»Das Los!« rief eine Stimme aus der Menge.

»Das Los, das Los!« wiederholte das Publikum.

Der Improvisator stieg wieder mit der Urne in der Hand vom Podium herunter und fragte: »Wer möchte die Güte haben, das Thema zu ziehen?« Und er ließ seinen flehenden Blick die ersten Stuhlreihen entlangschweifen. Aber keine der glänzenden Damen, die in den ersten Reihen saßen, rührte sich. Der Improvisator, der die nordische Gleichgültigkeit nicht gewohnt war, schien schmerzlich berührt... Plötzlich bemerkte er etwas abseits ein erhobenes Händchen im weißen Handschuh; bebend wandte er sich um und ging auf die junge majestätische Schöne zu, die am Rande der zweiten Reihe saß. Sie erhob sich ohne jede Verlegenheit, steckte ihre aristokratische Hand mit der einfachsten Gebärde in die Urne und holte einen zusammengerollten Zettel heraus.

»Wollen Sie ihn entfalten und vorlesen«, sagte ihr der Improvisator. Die Schöne entrollte den Zettel und las:

»Cleopatra e i suoi amanti.«

Diese Worte wurden mit leiser Stimme gesprochen; aber im Saale herrschte eine solche Stille, daß alle sie hörten. Der Improvisator verbeugte sich mit dem Ausdruck tiefsten Dankes vor der schönen Dame und kehrte auf das Podium zurück. »Meine Herrschaften!« wandte er sich an das Publikum. »Das Los bestimmt mir als Thema für meine Improvisation ›Kleopatra und ihre Liebhaber‹. Ich bitte ergebenst die Person, die das Thema gewählt hat, mir ihren Gedanken zu erläutern: Von welchen Liebhabern ist hier die Rede, perché la grande regina aveva molto?...«

Bei diesen Worten fingen viele Männer laut zu lachen an. Der Improvisator wurde ein wenig verlegen.

»Ich hätte gern gewußt«, fuhr er fort, »auf welche historische Besonderheit jene Person anspielte, die dieses Thema ausgewählt hat... Ich wäre zutiefst dankbar, wenn sie ihre Gedanken äußern wollte.«

Niemand beeilte sich mit der Antwort. Einige Damen richteten ihre Blicke auf das unschöne junge Mädchen, das ihr Thema auf Befehl der Mutter geschrieben hatte. Das arme Mädchen merkte diese übelwollende Aufmerksamkeit und wurde so verlegen, daß auf ihren Wimpern Tränen erglänzten... Tscharskij konnte dies nicht ertragen und wandte sich an den Improvisator auf italienisch: »Das Thema habe ich angegeben. Ich dachte dabei an das Zeugnis des Aurelius Victor, welcher berichtet, Kleopatra habe als Preis für ihre Liebe den Tod bestimmt und es hätten sich Verehrer gefunden, die vor einer solchen Bedingung nicht zurückgeschreckt und umgekehrt wären. Dieser Gegenstand erscheint mir jedoch ein wenig schwierig... Wollen Sie nicht einen andern wählen?...«

Aber schon fühlte der Improvisator das Nahen des Gottes... Er winkte den Musikern, mit dem Spiel zu beginnen. Sein Gesicht wurde furchtbar blaß; er zitterte wie im Fieber; seine Augen leuchteten in einem wunderbaren Feuer; er warf mit der Hand seine schwarzen Haare zurück, wischte sich mit dem Taschentuch die Schweißtropfen aus der hohen Stirn... machte plötzlich einen Schritt vorwärts, kreuzte die Arme auf der Brust... die Musik verstummte... die Improvisation begann.

I

Die Hallen schimmerten. Zu Leier
Und Flöte sang der Meisterchor.
Die Königin verlieh der Feier
Durch Blick und Stimme Schmelz und Flor.
Die Herzen zog's zu ihrem Throne;
Da neigte tief – still ward's im Saal –

Das schöne Haupt in schmaler Krone
Die Fürstin über den Pokal...

II

Zu schlummern schien das Prunkgelage;
Verstummt sind Gast und Sängerchor;
Da hebt die Stirn sie, gleich dem Tage,
Und spricht so heiter wie zuvor:
»Es dünkt euch selig meine Liebe –
Die Seligkeiten biet ich feil...
Ihr seid euch gleich in diesem Triebe –
Den Gleichen Gleiches werd zuteil.
Wer will sich meine Gunst erwerben?
Wer kauft mein Lieben, das ihm lacht?
Beglückt soll er des Todes sterben,
Das ist der Preis für meine Nacht.«

III

»Ich fleh, o Mutter der Genüsse,
Nicht sei mir deine Huld versagt,
Ob ich der Leidenschaft Ergüsse
Empfange als erkaufte Magd!
Ich schwör bei Anadyomenen
Und bei dem Gott der Unterwelt,
Zu teilen des Gebieters Sehnen
Und jeden Rausch, der ihm gefällt!
Und lüstern, jedem Wunsch zu Willen,
Will mit Geheimnissen der Lust
Ich fiebernde Begierden stillen,

Liebkosend, wissend-unbewußt.
Doch wenn die ewige Aurore
In Flammen taucht das Firmament,
Des Henkers Beil ihm vor dem Tore,
Ich schwör's, das Haupt vom Rumpfe trennt.

IV

Entsetzen faßt die Gäste. Lüstern
Erschauert jeglich Herz und Sinn.
Und lauschend dem verlegnen Flüstern
Mit hochmütig erhobnem Kinn,
Senkt sie den Blick voll kaltem Hohne
Auf die Verehrer. Aus dem Kreis
Tritt einer jäh und naht dem Throne,
Zwei andre folgen, lächelnd leis,
Im Banne zauberischer Mächte:
Und wortlos beugen sie das Knie.
Es ist geschehn: erkauft drei Nächte,
Das Todesbett erwartet sie.

V

Empfangend priesterlichen Segen,
Entnehmen nun der Urne Schoß,
Vor dem erstarrrten Hof, verwegen
Die drei der Reihenfolge Los.
Der erste – Flavius, ein Krieger,
Ergraut im Heer der Weltbesieger;
Er mochte nicht an einer Frau
Solch ein verhöhnendes Verachten;

Die Forderung zur Lust, zwar grau,
Nahm schlagbereit er auf, genau
Wie Ruf zum Kampf in frühern Schlachten.
Dann – den in Epikuros' Hain
Die Musen schwesterlich berieten:
Kriton; er pries in Wort und Wein
Cypris und Amor, die Chariten.
Wie Frühlingsblüte, jüngst erwacht,
Jedwedem Auge eine Labe,
Der dritte war (die Zeitennacht
Deckt seinen Namen) fast ein Knabe;
Im Aug' – Begeisterung und Traum,
Um Kinn und Wange – erster Flaum;
Im jungen Herzen kochten Gluten
Noch unerfahrner Leidenschaft...
Und, ganz gerührt ob solcher Kraft,
Auf ihm der Fürstin Blicke ruhten.

Der eherne Reiter

Vorwort

Die in dieser Erzählung beschriebene Begebenheit beruht auf Wahrheit. Einzelheiten der Überschwemmung sind damaligen Zeitschriften entnommen. Wißbegierige können den von W. N. Berch erstellten Bericht nachlesen.

Eingang

Wo Wellen ödem Ufer nahn,
Stand *Er*, erfüllt vom großen Plan,
Und sah hinaus. Breit vor ihm jagte
Der Fluß dahin; ein armer Kahn
Allein sich auf die Strömung wagte.
Auf schwankem Moos am Uferrand
Schwarz hie und da ein Blockhaus stand,
Die Zuflucht ärmlicher Karelen;
Und, mit der Sonne kaum bekannt,
Die Nebelschwaden ihm verhehlen,
Rauscht' rings der Wald.

Da dachte er:
Hier wollen wir dem Schweden trutzen,
Hier stehe eine Stadt am Meer,
Des Nachbarn Übermut zu stutzen.
Uns tut, was die Natur hier bot,
Ein Fenster nach Europa not,[1]
Am Meere festen Fuß zu fassen.
Als Gast auf neuer Flut legt dann
Bald jede Flagge bei uns an;
Da wird manch Fest sich feiern lassen.

Ein Hundertjahr verging – Triumph
Und Zierde mitternächtigen Landen –
Aus finstrem Wald, aus schwankem Sumpf
Ist prachtvoll-stolz die Stadt erstanden.
Wo einst als Stiefsohn der Natur

Am flachen Ufer ganz alleine
Der arme Finnen-Fischer nur
In unerforschte Fluten seine
Zerschlißnen Netze warf, drängt heut,
An Uferstraßen aufgereiht,
Großmächtig in belebter Enge
Palast und Turm sich; Schiffe ziehn
Aus aller Herren Ländern hin
Zum reichen Ankerplatz in Menge;
Die Newa hüllt' sich in Granit,
So manche Brücke ist geschlagen,
Mit dunkelgrünen Parkanlagen
Sich manche Insel überzieht.
Und vor der jüngren Hauptstadt bleichet
Die alte – Moskau – und ihr Ruhm,
Wie vor der neuen Zarin weichet
Die Kaiserin im Witwentum.

Du, Peters Schöpfung, bist mir teuer,
Ich lieb die strenge Wohlgestalt,
Der Kais granitene Gemäuer,
Die Newa, wie sie machtvoll wallt,
Der Gitter Eisenziergeflechte,
Den mondlos blassen Dämmerschein
Deiner gedankenvollen Nächte,
Wo ich in meinem Kämmerlein
Kann ohne Lampe lesen, schreiben,
Wo scharf die Schlafkonturen bleiben
Der Straßenschlucht, wo schimmernd steht
Der Pfeil der Admiralität;
Wo, daß nicht decken dunkle Schatten
Der Himmel goldgetönte Pracht,
Sich Abendrot und Frührot gatten

Und kaum ein Stündchen bleibt der Nacht.[2]
Ich liebe deines Winters harten
Zugriff – die Luft bewegt sich nicht –,
Und stromentlang die Schlittenfahrten,
Der Mädchen rosiges Gesicht,
Der Bälle Flüstern, Lärm und Schimmer,
Oder beim Junggesellenmahl
Des Punsches bläuliches Geflimmer,
Champagner-Prickeln im Pokal.
Ich lieb den waffenfrohen Reigen,
Der auf dem Marsfeld uns erfreut,
Wenn Fußvolk sich und Reitersleut'
In uniformer Schmuckheit zeigen
In wogender Paradepracht,
Jene zerfetzten Siegspaniere,
Den Messinghelm der Grenadiere,
Durchsiebt von Kugeln in der Schlacht.
Ich lieb den Donner der Kanonen,
Der hallt von deiner Festung her,
Sei's, daß den Mitternachtsregionen
Die Zarin einen Sohn gebär',
Sei's, daß ein Feind bezwungen wär
Und Rußland wieder triumphiere,
Sei's, daß die Newa, die gesprengt
Das blaue Eis, nun seewärts drängt
Und, Frühling fühlend, jubiliere.

So prunk und steh, Stadt Peters, hier,
Gleich Rußland ewig standzuhalten.
Versöhnen mögen sich mit dir,
Besiegt, auch die Naturgewalten;
Die Finnenflut vergesse ihr
Unnütz erbostes Aufbegehren

Im alten Streit, um nie zu stören
Mehr Peters Schlaf in Ewigkeit.

Entsetzlich war es seinerzeit,
Noch kann sich mancher gut entsinnen ...
Davon will ich, ihr Freunde mein,
Euch zu berichten nun beginnen,
Und mein Bericht wird traurig sein.

Erster Teil

Über Petropols graue Mauern
Fuhr Herbsthauch mit Novemberschauern,
In wildem Wogen klatschte schwer
Die Newa gegen Glanz und Glätte
Und warf sich ruhlos hin und her,
Dem Kranken gleich im Fieberbette.
Schon dunkel war's und spät genug,
Der Regen bös ans Fenster schlug,
Und traurig klang des Windes Fauchen.
Da langte ein noch junger Mann,
Jewgeni, grad zu Hause an...
Den Namen möchte ich gebrauchen
Für unsern Helden. Angenehm
Klingt er dem Ohr, und außerdem
Ist er mir schon vertraut beim Schreiben.
Der Zuname mag offenbleiben,
Wiewohl er in vergangner Zeit
Vielleicht nicht ohne Glanz gewesen
Und des Geschlechts Bedeutsamkeit
Bei Karamsin noch nachzulesen;
Doch heut hat ihn Gerücht und Welt
Schon längst vergessen. Unser Held
Wohnt in Kolomna; dient beflissen,
Will von der Hautevolee nichts wissen
Noch von verblichner Ahnen Ruhm
Und längst vergeßnem Altertum.

Zu Haus, rasch ausgekleidet, legte
Jewgeni sich zum Schlafen hin,
Doch lange mied der Schlummer ihn;
Gar manches seinen Sinn bewegte.

Und woran dachte er? Daran,
Daß er sich doch, als armer Mann,
Erstreiten muß durch eigne Mühen
Ehre und Unabhängigkeit;
Daß Gott ihm wenig nur verliehen
An Geist und Geld, wo andre Leut'
Es doch so gut getroffen haben
Und ohne alle Geistesgaben
Sich eines leichten Lebens freun!
Daß er zwei Jahre Dienst erst tue;
Auch dachte er, daß nicht zur Ruhe
Das Wetter komme, daß der Fluß
Noch immer steigt, und er am Ende
Die Brücken morgen nicht mehr fände
Und daß er für zwei Tage dann
Parascha nicht mehr sehen kann.
Da seufzte er aus tiefstem Herzen
Und träumte, fast wie ein Poet:

»Heiraten? Ich? Ob das wohl geht?
's wird schwer sein, doch ich kann's verschmerzen;
Bin jung ja und gesund soweit,
Zu schaffen Tag und Nacht bereit,
Werd mir schon irgendwie besorgen
Ein trautes Heim, so klein es sei,
Wo auch Parascha wär geborgen,
Und sind erst ein, zwei Jahr' vorbei,
Find ich ein Pöstchen, überlasse
Parascha die Familienkasse
Und Kinderaufzucht, das ist klar...
So woll'n, bis daß der Tod uns scheide,
Dann leben Hand in Hand wir beide,
Bis uns begräbt der Enkel Schar...«

So träumte er. Und war voll Trauer
In dieser Nacht und wünschte sich,
Daß nicht so heult' der Wind, der Schauer
Des Regens nicht so fürchterlich
Ans Fenster schlüg...
Die müden Lider
Fielen ihm endlich zu. Schon wird
Die dunkle Sturmnacht heller wieder,
Schon kommt der bleiche Tag herauf...[3]
Der Schreckenstag!
Der Newa Lauf
Drängte zum Meer, dem Sturm entgegen...
Der aber wollte sich nicht legen...
So gab sie denn am Ende auf...
Am Morgen kam zum Strom gezogen
Das Volk zuhauf, um zuzusehn,
Wie wutentbrannt die hohen Wogen
In Gischt zersprühen und verwehn.
Die Newa, von der Wucht der Böen
Auf ihrem Weg zum Meer gehemmt,
Begann, erzürnt, sich umzudrehen,
Hat schon die Inseln überschwemmt;
Das Wetter tobte unaufhörlich,
Die Flut schwoll tosend und gefährlich,
Brodelte wie ein Kessel schier
Und stürzte wie ein wildes Tier
Sich plötzlich auf die Stadt. Da stoben
Alle davon, und leer lag bald
Alles ringsum; das Wasser wallt,
Bricht in die Keller ein mit Toben,
Aus den Kanälen drängt's nach oben;
Petropol einem Triton gleicht,
Dem's Wasser bis zur Hüfte reicht.

Belagrung! Angriff! Diebisch dringen
Wellen in Fenster, Scheiben springen,
Zerschmettert von der Schiffe Heck;
Der Schwall reißt alles mit sich weg:
Reste von Hütten, Balken, Sparren,
Mühsam gehäufte Handelswaren,
Der Armut kümmerliches Gut,
Brücken, die brach des Sturmes Wut.
In Straßen schwimmen fortgespülte
Särge vom Friedhof.
                    Weh uns! Ja,
Gott zürnt! Sein Strafgericht ist nah!
Kein Brot, kein Obdach – schaudernd fühlte
Das Volk, was droht.
                    In jenem Jahr
Sah Rußland herrschen noch den alten,
Ruhmreichen Zaren, der hinaus
Auf den Balkon trat und voll Graus
Bekannte: »Gottes Urgewalten
Bezwingt kein Zar.« Er setzte sich,
Betrübten Auges anzusehen
Des Unheils Wüten fürchterlich:
Die Plätze lagen da als Seen,
In die wie breite Flüsse gehen
Die Straßen. Der Palast erschien
Als traurig Eiland. Dort erteilte
Der Zar Befehle – woraufhin
In nah und ferne Straßen eilte
Manch General,[4] in leichten Booten,
Gefährdet durch der Fluten Braus,
Zu retten die von Angst Bedrohten
Und, die ertranken fast zu Haus.

Da saß am Petersplatze droben,
Wo neu ein Eckhaus sich erhoben,
An dessen Treppen beiderseits
Zwei Marmorlöwen wie im Leben
Als Wächter ihre Tatzen heben,
Auf einem, barhäuptig bereits,
Die Arme ängstlich überkreuz,
Jewgeni, reglos zum Erbarmen
Und bleich. Nicht ängstigte den Armen
Sein eignes Los. Er merkte nicht,
Wie wild bereits der Wellen Wut
Um seiner Schuhe Sohlen gierte,
Wie Regen peitschte sein Gesicht,
Nicht einmal, wie der Wind entführte
Mit Fauchen plötzlich seinen Hut.
Seinen verzweiflungsvollen Blicken
War eine Stelle ganz allein
Einziges Ziel. Wie Bergesrücken
Dräut' Well' auf Welle dort herein,
Türmt sich empor und stürzt zusammen;
Der Sturmwind jault, und torkelnd schwammen
Dort Trümmer... Herr im Himmel! dort –
O weh! ganz nah am Uferbord,
Da war der Platz doch, wo sie beide...
Am rohen Zaun, neben der Weide,
Stand altersmorsch ihr Häuschen ja,
Der Witwe und der Tochter – eben
Seiner Parascha... Oder sah
Er das im Traum? Wär alles Leben
Hienieden nur ein Traum am End,
Mit dem der Himmel uns verhöhnt?

Und wie von magischen Gewalten
Auf seinem Löwen festgehalten,
Kann er nicht fort! Und um ihn her
Ist Wasser nur, sonst gar nichts mehr!
Nur, ihm den Rücken kehrend, oben,
In sichrer Höhe unversehrt
Steht über allem Newa-Toben,
Gebieterisch den Arm erhoben,
Der Götze auf dem Bronzepferd.

Zweiter Teil

Doch, überdrüssig der Zerstörung
Und ihres frechen Frevels müd,
Die Newa wieder seewärts zieht;
Im Hochgenuß ihrer Empörung
Läßt sie die Spuren der Verheerung
Achtlos zurück. So überfällt
Ein Bandenchef und Messerheld
Ein Dorf, schlägt alles dort in Trümmer,
Raubt, schändet, mordet; Wut, Gewimmer,
Geschimpfe, Flüche, Hilfeschrei'n!...
Und ächzend von des Raubes Lasten,
Müd, doch Verfolgung fürchtend, hasten
Die Räuber heimwärts und verstreun
Am Wege Stück für Stück die Beute.

Das Wasser wich, und es befreite
Die Straßen schon, da eilte mein
Jewgeni, noch im Widerstreite
Von Furcht und Hoffnung, sehnsuchtsbang
Zum Fluß, der sich noch kaum bezwang:
Vom Siegesrausche fortgezogen
Wirbelten wütend noch die Wogen,
Als siedeten sie auf dem Herd;
Noch immer weißer Schaum sie krönte,
Die Newa schnaufte schwer und stöhnte
Wie ein der Schlacht entlaufnes Pferd.
Jewgeni schaut sich um: er sichtet
Ein Boot, als wär's für ihn gerichtet;
Er ruft den Schiffsmann, dem's gehört,
Und ohne lang zu überlegen,
Der Schiffer gern für zehn Kopeken

Ihn durch die wilden Fluten fährt.
Und lange gegen hohe Wellen
Kämpft' der erfahrne Bootsmann an,
Und ständig drohte zu zerschellen
Das Boot mitsamt den zwei Gesellen
Im wilden Auf und Ab – und dann
Gewann's das Ufer doch.

Jewgeni
Eilt zu dem Ort, der ihm vertraut,
Auf dem vertrauten Weg. Er schaut,
Erkennt nichts wieder. Welche Szene!
Vor ihm liegt alles hingewühlt:
Halb umgestürzt, halb fortgespült;
Die Häuschen sonderbar verbogen,
Teils ganz zerstört, teils von den Wogen
Vom Platz gerückt; und ringsumher,
Wie auf dem Schlachtfeld, kreuz und quer
Die Leichen lagen. Wie benommen
Stürzt mein Jewgeni los dorthin,
Gequält und ahnungsvoll beklommen,
Wo schon des Schicksals Spruch auf ihn
Harrt mit noch unbekannter Kunde,
Gleich einem unerbrochnen Brief.
Er sah die Siedlung in der Runde,
Nicht fern das Meer, und lief und lief...
Ja, was ist das?...
Und er blieb stehen;
Kehrt um, will es noch einmal sehen;
Kommt näher... schaut und schaut und schaut.
Hier war's, hier war ihr Haus gebaut;
Die Weide steht noch. Doch verschwunden
Ist wohl das Tor. Und wo – das Haus?

Verzweifelt dreht er seine Runden
Und sucht und redet laut, o Graus,
Was ihn bedrängt im trüben Hirne –
Und schlägt sich plötzlich an die Stirne
Und lacht und lacht.
Nachtdunkel hat
Umhüllt die angsterfüllte Stadt;
Die Menschen blieben lang noch wachen,
Indem sie unter sich besprachen
Den vorigen Tag.

Des Morgens Strahl
Brach durch die Wolken müd und fahl
Und ließ die Hauptstadt still erschimmern.
Er fand schon kaum noch eine Spur
Des Leids von gestern. Frührotflimmern
Deckt' alles zu mit mildem Schein.
Schon kehrte wieder Ordnung ein,
Schon ging durch wieder freie Gassen
Das Volk gefühllos und gelassen;
Schon hat auch die Beamtenschaft
Vom Nachtquartier sich aufgerafft
Zum Dienst. Und manch ein kecker Krämer
Eröffnet' sein Verkaufslokal,
Das ihm die Newa grad bestahl,
Und hofft', was er verloren, nähm er
Dem Nächsten wieder ab. Man traf
Kein Boot im Hof mehr.
Und der Graf
Chwostow, den Dichterhimmel lieben,
Hat flugs unsterblich schon beschrieben,
Welch Unheil das Gestad betraf.

Jewgeni nur, dem armen Jungen,
Trübt sich der Sinn; o weh, er hält
So schrecklichen Erschütterungen
Nicht länger stand. Und ständig gellt
Der Wasser und der Winde Brausen
Ihm noch im Ohr. Ihn überfällt,
Wie er umherirrt, stummes Grausen,
Als wenn ein Alptraum ihn umfing'.
Woche um Woche so verging,
Er kam nicht mehr zurück nach Hause.
Und sein verwaistes Stübchen ist
Vom Hauswirt, da verstrich die Frist,
'nem armen Dichter nun gegeben.
Jewgeni hat sein Eigentum
Nicht abgeholt. Er war dem Leben
Bald fremd, lief tags zu Fuß herum
Und schlief am Uferkai; er nährte
Von dem sich, was ihm Gnade gab.
Die Kleider wetzten rasch sich ab
Und wurden mürbe. Böse Buben
Warfen ihm Steine hinterher.
Nicht selten Kutscher auch erhuben
Die Peitsche gegen ihn, wenn er
Kam in die Quere ihren Hengsten,
Des Wegs nicht achtend, ja sogar
Nichts zu bemerken schien. Er war
Betäubt von überlauten Ängsten.
Sein unseliges Dasein hier
Fristet' er so: nicht Mensch noch Tier,
Nicht dies, nicht das; kein Sohn der Erde,
Kein tot Gespenst...
Einst schlief er dort
Am Uferkai. Zum Herbst hin kehrte

Der Sommer sich. Kalt blies der Nord
Und feucht. Es klatschte immerfort
Die finstre Flut mit Klagerufen
An die graniten glatten Stufen
Wie einer, der sein Bittgesuch
Ans Tor harthöriger Richter trug.
Der Ärmste wachte auf. 's war schaurig:
Es regnete, der Wind heult' traurig,
Und Antwort rief ihm aus der Nacht
Von fern ein Posten auf der Wacht...
Jewgeni fuhr empor: lebendig
Kam das Entsetzen wieder; wendig
Erhob er sich, ging los, und da
Verharrt' er plötzlich – und er sah
Sich langsam um mit scheuen Blicken
Und schreckverzerrtem Angesicht:
Ein großes Haus ragt, ihm im Rücken,
Mit Säulen auf. Und stehn da nicht
Zwei Löwen Wache, die erheben
Die schweren Tatzen wie im Leben?
Und sitzt da nicht, im Dunkel groß,
Hoch über Fels und Gatter droben,
Gebieterisch die Hand erhoben,
Der Götze auf dem Bronzeroß?

Jewgeni schaudert. Schrecklich klärten
Ihm die Gedanken sich. Zu gut
Erkennt den Ort er, wo die Flut
Getobt, wo wütend aufbegehrten
Um ihn herum die Wellen, ja:
Der Platz, die Löwen waren da;
Und er, des ehern Haupt hier ragte,
Wo finstrer Nebel es umquoll,

Des Wille so verhängnisvoll
Die Stadt am Meer zu gründen wagte...
Entsetzlich dräut er durch die Nacht!
Auf dieser Stirne – welche Macht!
Welch großen Sinns verborgnes Walten!
Dies Pferd, welch feuriger Genoß!
Wohin denn sprengst du, stolzes Roß,
Und wo wird wohl dein Huf verhalten?
O mächtiger Schicksalsherrscher du!
Hast du nicht so, dem Abgrund nahe,
Rußland mit eiserner Kandare
Emporgerissen einst im Nu?[5]

Rund um das Postament des Götzen
Der arme Irre schritt von fern
Und sah das Ebenbild des Herrn
Der halben Welt an mit Entsetzen.
Die Stirn aufs kalte Gitter senkt
Er, fühlt die Brust bedrückt, beengt,
Getrübt den Blick. Doch wie von Feuer
Wird ihm das Herz da übermannt,
Sein Blut wallt auf. Und finster stand
Er vor dem stolzen Ungeheuer.
Verbißnen Munds, verkrampfter Hand,
Als faßt' ihn schwarzer Mächte Schauer,
Zischt er voll Zorn: »He, Städtebauer,
Du Wundertäter, wart nur ab!«
Ganz leise... Doch dann warf in Trab
Er sich und rannte fort. Er glaubte,
Daß sich auf einmal, wutenbrannt,
Ihm fast unmerklich zugewandt
Der Zwingherr mit dem erznen Haupte...
Und wie er fliehend überquert

Den leeren Platz, da plötzlich hört
Er hinter sich wie Donnerhallen
Metallen schweren Hufschlag schallen,
Von dem das Pflaster rings erbebt.
Und, nur vom Mondlicht blaß umflossen,
Jagt er, der hoch die Rechte hebt,
Auf dröhnend galoppierndem Rosse,
Der Eh'rne Reiter selbst ihm nach;
Wohin auch seine Schritte lenkte
Der Ärmste diese ganze Nacht,
Der Eh'rne Reiter sah's und sprengte
Ihm schweren Hufschlags ständig nach.

Und seitdem, wenn zufällig wieder
Er sich auf diesem Platz befand,
Spiegelte Betroffenheit sich wider
In seinen Zügen. Seine Hand
Hob eilig er zu seinem Herzen,
Als wollt' er dämpfen dessen Schmerzen,
Nahm die verschlißne Mütze ab,
Senkte verstört den Blick hinab
Und schlich vorbei.

Es gibt am Strande
Ein Inselchen, wo dann und wann
Mit seinem Fang ein Fischersmann,
Der sich verspätet, abends landet
Und sein bescheidnes Süppchen kocht;
Oder auch ein Beamter mocht'
Auf Sonntagskahnfahrt mal hier halten
Am öden Ufer. Nichts war dort
Seither gewachsen. Die Gewalten
Der Fluten trugen spielend fort

Hierher ein altes Haus – unkenntlich,
Ein schwarz Gestrüpp nur überm Meer.
Man hat es letztes Frühjahr endlich
Zu Schiff verfrachtet. Es war leer
Und ganz zerstört. Am Eingang haben
Sie liegen sehn den Wahnsinnsmann
Und seinen kalten Leichnam dann
Zuletzt um Gotteslohn begraben.

Anmerkungen Puschkins

1 Algarotti hat irgendwo gesagt: »Petersburg ist das Fenster, durch welches Rußland nach Europa schaut.«

2 Vgl. die Verse des Fürsten Wjasemski an die Gräfin S***.

3 Mickiewicz hat in wunderschönen Versen den Tag beschrieben, der der Petersburger Überschwemmung vorausging, in einem seiner besten Gedichte, *Oleszkiewicz*. Schade nur, daß diese Beschreibung ungenau ist. Es gab keinen Schnee – die Newa war nicht mit Eis bedeckt. Unsere Beschreibung ist zuverlässiger, wenn sie auch der kräftigen Farben des polnischen Dichters entbehrt.

4 Graf Miloradowitsch und General-Adjutant Benckendorff.

5 Vgl. die Beschreibung des Denkmals bei Mickiewicz. Sie ist aus Ruban entlehnt, wie Mickiewicz selbst anmerkt.

(1833)

Pique Dame

Pique Dame bedeutet heimliches Übelwollen.

Neuestes Traumbuch

I

Wenn es naß war und kalt,
Ja, dann traf man sich halt
Meistens;
Wollt' sich, Gott mag's verzeihn,
Fünfzig, hundert zu eins
Leisten.
Und Verlust und Gewinn
Schrieb mit Kreide man hin
Stetig.
Und so war man dann halt,
Wenn es naß war und kalt,
»Tätig«.

Bei dem Gardekavalleristen Narumow spielte man eines Abends Karten. Die lange Winternacht war unbemerkt vorübergegangen; zum Abendessen setzte man sich gegen fünf Uhr morgens. Die Gewinner aßen mit großem Appetit; die übrigen saßen zerstreut vor ihren leeren Gedecken. Doch als der Champagner gebracht wurde, lebte die Unterhaltung auf, und alle nahmen an ihr teil.

»Wie ist es dir ergangen, Surin?« fragte der Gastgeber.

»Ich habe verloren, wie gewöhnlich. Ich muß gestehen, daß ich kein Glück habe: Ich spiele Mirandole, rege mich niemals auf, nichts bringt mich aus der Fassung, und doch verliere ich immer!«

»Und du hast dich kein einziges Mal hinreißen lassen? Kein einziges Mal auf *Route* gesetzt? Deine Standhaftigkeit wundert mich.«

»Was sagt ihr aber erst zu Hermann?« meinte einer der

Gäste und wies auf den jungen Genieoffizier. »Noch nie hat er eine Karte in die Hand genommen, noch nie ein Paroli gebogen und sitzt bis fünf Uhr mit uns zusammen und sieht dem Spiel zu!«

»Das Spiel interessiert mich sehr«, sagte Hermann, »doch ich bin nicht in der Lage, Unentbehrliches zu opfern, in der Hoffnung, Überflüssiges zu erwerben.«

»Hermann ist ein Deutscher – er ist berechnend, das ist alles!« bemerkte Tomskij. »Aber wenn ich jemanden nicht verstehe, so ist es meine Großmutter, die Gräfin Anna Fedotowna.«

»Wie? Was?« riefen die Gäste.

»Ich kann einfach nicht begreifen«, fuhr Tomskij fort, »warum meine Großmutter nicht pointiert!«

»Was ist denn Erstaunliches daran«, sagte Narumow, »wenn eine achtzigjährige Frau nicht pointiert?«

»Ihr wißt also nichts über sie?«

»Nein! Wir wissen wirklich nichts!«

»Oh, hört also zu. Ihr müßt wissen, daß meine Großmutter vor etwa sechzig Jahren nach Paris fuhr und dort in großer Mode war. Alle liefen ihr nach, um la Vénus moscovite zu sehen; Richelieu machte ihr den Hof, und die Großmutter versichert, daß er sich wegen ihrer Unnahbarkeit beinah erschossen hätte.

Damals spielten die Damen Pharao. Bei Hof verlor sie einmal auf Ehrenwort sehr viel an den Herzog von Orléans. Als die Großmutter zu Hause angekommen war, löste sie die Schönheitspflästerchen vom Gesicht, schnürte den Reifrock los, teilte dabei dem Großvater ihre Spielschuld mit und befahl, sie zu begleichen.

Der selige Großvater war, soweit ich mich erinnere, eine Art Haushofmeister bei der Großmutter. Er fürchtete sie wie das Feuer; als er jedoch von solch einer entsetzlich hohen

Spielschuld hörte, geriet er außer sich, brachte die Rechnungen, bewies ihr, daß sie in einem halben Jahr eine halbe Million verbraucht hätten, daß sich bei Paris weder ihre Moskauer noch Saratower Dörfer befänden, und lehnte eine Zahlung rundweg ab. Die Großmutter gab ihm eine Ohrfeige und legte sich zum Zeichen ihrer Ungnade allein schlafen.

Am nächsten Tag ließ sie ihren Mann rufen, in der Hoffnung, daß die häusliche Strafe nicht ohne Wirkung geblieben sei, doch er war unerschütterlich. Zum erstenmal im Leben ließ sie sich mit ihm in Erörterungen und Erklärungen ein; sie wollte ihm ins Gewissen reden, bewies herablassend, daß Schuld nicht gleich Schuld sei und daß es einen Unterschied zwischen einem Prinzen und einem Stellmacher gebe. – Vergeblich! Der Großvater rebellierte. Nein, und abermals nein! Die Großmutter wußte nicht, was sie tun sollte.

Sie war flüchtig mit einem außergewöhnlichen Mann bekannt. Ihr habt alle vom Grafen Saint-Germain gerhört, von dem man sich so viel Wunderbares erzählt. Ihr wißt, daß er sich für den Ewigen Juden ausgab, für den Erfinder des Lebenselixiers, des Steins der Weisen und dergleichen. Man lachte über ihn wie über einen Scharlatan, und Casanova sagt von ihm in seinen Memoiren, er sei ein Spion; trotz seines geheimnisvollen Wesens hatte Saint-Germain übrigens ein sehr würdiges Aussehen und war in Gesellschaft ein äußerst liebenswürdiger Mensch. Meine Großmutter ist noch heute von ihm begeistert und wird böse, wenn man von ihm abfällig spricht. Meine Großmutter wußte, daß Saint-Germain über große Summen verfügen konnte. Sie beschloß, sich an ihn zu wenden. Sie schrieb ihm ein Billett und bat ihn, sie sofort zu besuchen.

Der alte Sonderling erschien unverzüglich und fand sie in

tiefem Kummer vor. Sie schilderte ihm die barbarische Grausamkeit ihres Mannes in den schwärzesten Farben und sagte schließlich, daß sie ihre ganze Hoffnung auf seine Freundschaft und Liebenswürdigkeit setze.

Saint-Germain dachte nach.

›... Ich könnte Ihnen mit dieser Summe dienen‹, sagte er, ›doch ich weiß, daß Sie keine Ruhe finden werden, bevor Sie mir das Geld zurückgegeben haben, ich möchte Ihnen aber neue Ungelegenheiten ersparen. Es gibt ein anderes Mittel: Sie können die Schuld im Spiel zurückgewinnen.‹ – ›Aber, lieber Graf‹, antwortete die Großmutter, ›ich sage Ihnen doch, wir haben keinerlei Geld.‹ – ›Geld ist hierbei nicht nötig‹, entgegnete Saint-Germain, ›hören Sie mich bitte an.‹ Und er eröffnete ihr ein Geheimnis, für das jeder von uns viel geben würde...«

Die jungen Spieler verdoppelten ihre Aufmerksamkeit. Tomskij zündete sich eine Pfeife an, tat einen Zug und fuhr fort.

»Am selben Abend erschien die Großmutter in Versailles au jeu de la Reine. Der Herzog von Orléans hielt die Bank; die Großmutter bat flüchtig um Entschuldigung, daß sie ihre Schuld nicht gleich mitgebracht habe, erfand zu ihrer Rechtfertigung eine kleine Geschichte und begann gegen ihn zu pointieren. Sie wählte drei Karten, setzte eine nach der anderen: Alle drei gewannen Sonika, und die Großmutter hatte alles wieder zurückgewonnen.«

»Zufall!« sagte einer der Gäste.

»Ein Märchen!« bemerkte Hermann.

»Vielleicht waren es gezinkte Karten?« meinte ein Dritter.

»Ich glaube nicht«, antwortete Tomskij ernst.

»Wie!« sagte Narumow, »du hast eine Großmutter, die drei Karten hintereinander trifft, und hast von ihr dieses Geheimnis noch nicht erfahren können?«

»Den Teufel auch!« antwortete Tomskij. »Sie hatte vier Söhne, einer von ihnen war mein Vater: Alle vier waren leidenschaftliche Spieler, und keinem von ihnen hat sie ihr Geheimnis mitgeteilt, obwohl das für sie – und sogar auch für mich – nicht schlecht gewesen wäre. Doch folgendes hat mir mein Onkel, Graf Iwan Iljitsch, erzählt und bei seiner Ehre versichert, daß es wahr sei. Der verstorbene Tschaplizkij, derselbe, der Millionen durchgebracht hatte und als Bettler gestorben war, hatte in seiner Jugend einmal dreihunderttausend, ich glaube an Soritsch, im Spiel verloren. Er war verzweifelt. Der Großmutter, die sich Streichen junger Leute gegenüber immer streng verhielt, tat Tschaplizkij leid. Sie nannte ihm drei Karten, auf die er nacheinander setzen sollte, und ließ sich sein Ehrenwort geben, in Zukunft nie mehr zu spielen. Tschaplizkij erschien bei seinem Besieger, und sie begannen mit dem Spiel. Tschaplizkij setzte auf die erste Karte fünfzigtausend und gewann Sonika, er bog Paroli, Paroli-pé, gewann alles wieder und hatte noch einen Gewinn …

Doch es ist Zeit, schlafen zu gehen: Es ist schon dreiviertel sechs.«

Tatsächlich wurde es schon hell; die jungen Leute tranken ihre Gläser aus und fuhren nach Hause.

II

»Il paraît que monsieur est décidément pour les suivantes.«
»Que voulez-vous, madame? Elles sont plus fraîches.«
Gespräch in der vornehmen Gesellschaft

Die alte Gräfin *** saß in ihrem Ankleidezimmer vor dem Spiegel. Drei Mädchen umringten sie. Die eine hielt ein Näpfchen mit Schminke in der Hand, die andere eine Schachtel mit Nadeln, die dritte eine hohe Haube mit feuerroten Bändern. Die Gräfin konnte nicht mehr den geringsten Anspruch auf Schönheit erheben, die längst vergangen war, doch behielt sie alle Gewohnheiten ihrer Jugend bei, kleidete sich genau nach der Mode der siebziger Jahre und machte ebenso lange und sorgfältig Toilette wie vor sechzig Jahren. Am Fenster saß an einem Stickrahmen ein junges Fräulein, ihre Pflegetochter.

»Guten Tag, grand'maman«, sagte der junge Offizier, der eingetreten war. »Bonjour, mademoiselle Lise. Grand'maman, ich komme mit einer Bitte zu Ihnen.«

»Was ist, Paul?«

»Gestatten Sie, daß ich Ihnen einen meiner Freunde vorstelle und ihn am Freitag zu Ihrem Ball mitbringe.«

»Bring ihn direkt zum Ball, und dort stellst du ihn mir auch vor. Bist du gestern bei *** gewesen?«

»Natürlich! Es war sehr lustig, bis fünf Uhr wurde getanzt. Wie schön die Jelezkaja war!«

»Ach, mein Lieber! Was ist an ihr schön? Was ist sie im Vergleich zu ihrer Großmutter, der Fürstin Darja Petrowna? Übrigens, ich nehme an, sie ist schon sehr gealtert, die Fürstin Darja Petrowna?«

»Wie, gealtert?« antwortete Tomskij zerstreut. »Sie ist doch schon vor sieben Jahren gestorben.«

Das Fräulein hob den Kopf und machte dem jungen Mann ein Zeichen. Er erinnerte sich, daß man der alten Gräfin den Tod ihrer Altersgenossinnen verheimlichte, und biß sich auf die Lippen. Doch die Gräfin nahm die ihr neue Nachricht mit großem Gleichmut auf.

»Sie ist gestorben!« sagte sie. »Und ich habe es nicht einmal gewußt! Wir sind beide zusammen zu Hofdamen ernannt worden, und als wir uns vorstellten, da sagte die Kaiserin...«

Und die Gräfin erzählte dem Enkel zum hundertstenmal ihre Anekdote.

»Nun, Paul«, sagte sie dann, »sei mir beim Aufstehen behilflich. Lisanka, wo ist meine Tabatiere?«

Und die Gräfin ging mit ihren Mädchen hinter den Wandschirm, um ihre Toilette zu beenden. Tomskij blieb mit dem Fräulein allein.

»Wen wollen Sie vorstellen?« fragte leise Lisaweta Iwanowna.

»Narumow. Kennen Sie ihn?«

»Nein! Ist er Offizier oder Zivilist?«

»Offizier.«

»Genieoffizier?«

»Nein! Kavallerist. Aber warum haben Sie gedacht, daß er Genieoffizier ist?«

Das Fräulein lachte und gab keine Antwort.

»Paul!« rief die Gräfin hinter dem Wandschirm, »schicke mir irgendeinen neuen Roman, aber bitte keinen modernen.«

»Wie soll ich das verstehen, grand'maman?«

»Ich meine einen Roman, in dem der Held weder den Vater noch die Mutter erwürgt und in dem es keine Ertrunkenen gibt. Ich fürchte mich entsetzlich vor Wasserleichen!«

»Solche Romane gibt es heutzutage nicht. Oder wollen Sie etwa russische haben?«

»Gibt es denn russische Romane? Schicke sie mir, mein Lieber, bitte schicke sie mir!«

»Leben Sie wohl, grand'maman, ich habe es eilig... Leben Sie wohl, Lisaweta Iwanowna! Warum haben Sie nur gedacht, daß Narumow Genieoffizier ist?«

Und Tomskij verließ das Ankleidezimmer.

Lisaweta Iwanowna blieb allein zurück. Sie hörte mit ihrer Arbeit auf und sah zum Fenster hinaus. Bald darauf kam auf der anderen Straßenseite hinter einem Eckhaus ein junger Offizier hervor. Eine tiefe Röte überzog ihre Wangen, sie nahm ihre Arbeit wieder auf und beugte den Kopf über die Stickerei. In diesem Augenblick trat die Gräfin vollständig angekleidet ein.

»Lisanka«, sagte sie, »laß anspannen, wir werden spazierenfahren.«

Lisanka erhob sich hinter ihrem Stickrahmen und räumte ihre Arbeit fort.

»Was hast du, meine Beste! Bist du etwa taub?« schrie die Gräfin. »Laß sofort anspannen.«

»Gleich!« antwortete das Fräulein leise und lief in das Vorzimmer.

Ein Diener trat herein und überreichte der Gräfin Bücher vom Fürsten Pawel Alexandrowitsch.

»Gut! Ich lasse danken«, sagte die Gräfin. »Lisanka, Lisanka! Wo läufst du denn hin?«

»Mich anziehen.«

»Das eilt nicht, meine Beste. Setz dich her. Schlag den ersten Band auf, lies mir vor...«

Das Fräulein nahm das Buch und las einige Zeilen vor.

»Lauter!« sagte die Gräfin. »Was ist mit dir, meine Beste? Hast du deine Stimme verloren? Warte, rück mir den Schemel heran, näher... Nun!«

Lisaweta Iwanowna las noch zwei Seiten vor. Die Gräfin gähnte.

»Hör mit diesem Buch auf«, sagte sie. »Was für ein Unsinn! Schick das an den Fürsten Pawel zurück und laß ihm danken... Wo bleibt denn die Kutsche?«

»Die Kutsche steht bereit«, antwortete Lisaweta Iwanowna, nachdem sie auf die Straße geguckt hatte.

»Warum bist du denn nicht angezogen?« fragte die Gräfin. »Immer muß man auf dich warten! Das ist unerträglich, meine Beste.«

Lisa lief in ihr Zimmer. Keine zwei Minuten waren vergangen, als die Gräfin mit aller Kraft zu klingeln begann. Drei Mädchen kamen durch die eine Tür hereingelaufen und ein Kammerdiener durch die andere.

»Hört ihr denn schlecht?« sagte die Gräfin zu ihnen. »Sagt Lisaweta Iwanowna, daß ich auf sie warte.«

Lisaweta Iwanowna trat in Hut und Mantel herein.

»Endlich, meine Beste!« sagte die Gräfin. »Was für eine Aufmachung! Wozu das? Wen willst du bezaubern? Und wie ist das Wetter? Es scheint windig zu sein.«

»Durchaus nicht, Euer Erlaucht! Es ist vollkommen windstill!« antwortete der Kammerdiener.

»Ihr redet immer, was euch grade in den Kopf kommt! Macht mal die Fensterklappe auf. Wie ich es gesagt habe – Wind! Und noch dazu eisig kalter! Laßt ausspannen! Lisanka, wir fahren nicht: Du hast dich umsonst herausgeputzt.«

Und das ist nun mein Leben! dachte Lisaweta Iwanowna.

Lisaweta war wirklich ein äußerst unglückliches Geschöpf. Fremdes Brot schmeckt bitter, sagt Dante, und schwer fällt es, die Treppe eines fremden Hauses hochzusteigen, und wer kannte die Bitternis der Abhängigkeit besser als die arme Pflegetochter der alten Aristokratin? Die Gräfin *** hatte natürlich kein schlechtes Herz; doch als eine von der Gesellschaft verwöhnte Frau war sie launisch, zudem geizig und von einem kalten Egoismus durchdrungen, wie alle alten Leute, die zu ihrer Zeit geliebt haben und der heutigen fremd gegenüberstehen. Sie nahm an allen Zerstreuungen der großen Welt teil, schleppte sich auf Bälle, wo sie, geschminkt und altmodisch gekleidet, wie eine häßliche und notwendige Verzierung des Ballsaales in der Ecke saß; unter tiefen Verbeugungen näherten sich ihr wie nach einem vorgeschriebenen Zeremoniell die eintreffenden Gäste, und dann kümmerte sich keiner mehr um sie. Bei sich zu Hause empfing sie die ganze Stadt, beobachtete dabei die strengste Etikette und erkannte niemanden. Ihre zahlreiche Dienerschaft, die in ihrem Vorzimmer und in ihrer Mädchenstube dick und grau geworden war, tat, was ihr gefiel, und bestahl die sterbende Alte um die Wette. Lisaweta Iwanowna war die Märtyrerin des Hauses. Sie schenkte Tee ein und mußte sich wegen des allzu hohen Zuckerverbrauchs Vorwürfe anhören, sie las aus Romanen vor und war an allen Fehlern des Autors schuld; sie begleitete die Gräfin auf Spazierfahrten und war für Wetter und Straßenpflaster verantwortlich. Ihr war ein Gehalt bestimmt, das sie niemals voll ausgezahlt bekam, und dabei verlangte man von ihr, daß sie angezogen sei wie alle, das heißt wie sehr wenige. In der Gesellschaft spielte sie die bedauernswerteste Rolle. Alle kannten sie, doch niemand achtete sie; auf Bällen tanzte sie nur, wenn ein Visavis fehlte, und die Damen nahmen sie immer dann unter den Arm, wenn sie in die Garderobe mußten, um etwas an ihrer Toilette in Ordnung zu bringen. Sie besaß ein ausgeprägtes Ehrgefühl, empfand lebhaft ihre Lage und sah sich in ungeduldiger Erwartung nach einem Befreier um. Doch die jungen, in ihrer leichtsinnigen Eitelkeit berechnenden Männer schenkten ihr keine Aufmerksamkeit, obwohl Lisaweta Iwanowna hundertmal liebreicher war als die frechen und kühlen Bräute, die sie umwarben. Wie oft hatte sie den langweiligen und prunkvollen Saal unbemerkt verlassen und war, um zu weinen, auf ihr Zimmer gegangen, in dem ein mit Tapete beklebter Wandschirm, eine Kommode, ein Spiegel und ein angestrichenes Bett standen und wo ein Talglicht düster in einem kupfernen Leuchter brannte!

Eines Tages – dies geschah zwei Tage nach dem Abend, den wir zu Beginn der Erzählung beschrieben, und eine Woche vor der Szene, bei der wir stehenblieben –, eines Tages, als Lisaweta Iwanowna am Fenster vor ihrem Stickrahmen saß, blickte sie zufällig auf die Straße hinaus und bemerkte einen jungen Offizier, der unbeweglich dastand und unverwandt zu ihrem Fenster hinaufblickte. Sie senkte den Kopf und beschäftigte sich wieder mit ihrer Arbeit; nach fünf Minuten sah sie von neuem hinaus – der Offizier stand auf derselben Stelle. Da sie nicht die Gewohnheit hatte, mit vorübergehenden Offizieren zu kokettieren, blickte sie überhaupt nicht mehr auf die Straße und stickte ungefähr zwei Stunden, ohne aufzusehen. Das Mittagessen wurde aufgetragen. Sie erhob sich, räumte den Stickrahmen zur Seite, warf zufällig einen Blick auf die Straße und sah wieder den Offizier. Dies kam ihr höchst seltsam vor. Nach dem Essen trat sie mit dem Gefühl einer gewissen Unruhe an das Fenster, doch der Offizier war nicht mehr da – und sie vergaß ihn ...

Nach etwa zwei Tagen, als sie mit der Gräfin hinausging, um sich in die Kutsche zu setzen, sah sie ihn wieder. Er stand unmittelbar neben der Auffahrt, sein Gesicht war von einem Biberpelzkragen verdeckt, und seine schwarzen Augen funkelten unter dem Hut. Lisaweta Iwanowna erschrak – sie wußte selbst nicht wovor – und nahm in unbeschreiblicher Aufregung in der Kutsche Platz.

Als sie zurückgekehrt war, lief sie sofort zum Fenster – der Offizier stand an der früheren Stelle und hielt seine Augen auf sie gerichtet; sie trat zurück, von Neugier gepeinigt und von einem Gefühl erregt, das ihr völlig neu war.

Seitdem verging kein Tag, an dem der junge Mann nicht zu bestimmter Stunde unter den Fenstern ihres Hauses erschienen wäre. Zwischen ihm und ihr bildeten sich ohne jegliche Verabredung gewisse Beziehungen heraus. Wenn sie auf ihrem Platz bei der Arbeit saß, dann spürte sie sein Nahen – sie hob den Kopf und sah von Tag zu Tag länger hinunter. Der junge Mann war ihr, so schien es, dafür dankbar. Mit dem scharfen Auge der Jugend bemerkte sie, wie jedesmal eine schnelle Röte seine bleichen Wangen überzog, wenn sich ihre Blicke trafen. Nach einer Woche lächelte sie ihm zu...

Als Tomskij um die Erlaubnis bat, der Gräfin seinen Freund vorstellen zu dürfen, schlug dem armen Mädchen das Herz bis zum Hals. Doch als sie erfuhr, daß Narumow kein Genieoffizier war, sondern Gardekavallerist, bedauerte sie, durch eine unbescheidene Frage dem leichtsinnigen Tomskij ihr Geheimnis verraten zu haben.

Hermann war der Sohn eines zum Russen gewordenen Deutschen, der ihm ein kleines Kapital hinterlassen hatte. Von der Notwendigkeit, seine Unabhängigkeit zu festigen, zutiefst überzeugt, rührte Hermann nicht einmal die Prozente an, lebte nur vom Gehalt und gestattete sich nicht den geringsten Luxus. Er war übrigens verschlossen und ehrgeizig, und seine Kameraden hatten selten Gelegenheit, sich über seine übertriebene Sparsamkeit lustig zu machen. Er war sehr leidenschaftlich und hatte eine glühende Phantasie, doch seine Festigkeit schützte ihn vor den üblichen Verirrungen der Jugend. So nahm er zum Beispiel, obwohl er innerlich ein Spieler war, niemals eine Karte in die Hand, da er sich ausgerechnet hatte, daß sein Vermögen ihm nicht erlaube (wie er zu sagen pflegte), *Unentbehrliches zu opfern, in der Hoffnung, Überflüssiges zu erwerben* – saß aber ganze Nächte an den Spieltischen und folgte in fieberhafter Erregung dem wechselhaften Verlauf des Spiels.

Die Geschichte von den drei Karten beschäftigte seine Phantasie stark und ging ihm die ganze Nacht nicht aus dem Kopf. Was wäre, dachte er am Abend des nächsten Tages, als er in Petersburg umherschlenderte, wenn die alte Gräfin mir ihr Geheimnis entdeckte! Oder mir ihre drei sicheren Karten nennte! Warum soll ich mein Glück nicht versuchen?... Ich lasse mich vorstellen, erwerbe ihr Vertrauen – vielleicht werde ich ihr Liebhaber –, doch all das braucht seine Zeit, und sie ist siebenundachtzig Jahre alt, sie kann in einer Woche sterben – in zwei Tagen schon!... Und die Geschichte selbst?... Kann man ihr glauben? Nein! Berechnung, Sparsamkeit und Fleiß: das sind meine drei sicheren Karten, das ist es, was mein Kapital verdreifachen, versiebenfachen wird und mir Ruhe und Unabhängigkeit gibt.

Während er diese Überlegungen anstellte, war er auf eine der Hauptstraßen Petersburgs gekommen und stand plötzlich vor einem Haus alter Bauart. Die Straße war voller Equipagen, und eine Kutsche nach der anderen rollte an die erleuchtete Auffahrt vor. Aus den Kutschen streckte sich alle Augenblicke bald das schlanke Bein einer jungen Schönheit, bald ein knarrender Kanonenstiefel, bald ein gestreifter Strumpf und ein Diplomatenschuh. Pelze und Umhänge eilten an dem majestätischen Portier vorüber. Hermann blieb stehen.

»Wem gehört dieses Haus?« fragte er den Wächter an der Ecke.

»Der Gräfin ***«, antwortete der Wächter.

Hermann geriet in Erregung. Die wunderbare Geschichte erstand erneut in seiner Phantasie. Er ging vor dem Haus auf und ab, dachte an dessen Herrin und ihre wunderbare Fähigkeit. Erst spät kehrte er in sein bescheidenes Heim zurück; lange konnte er nicht einschlafen, und als der Schlaf ihn überwältigt hatte, träumte er von Karten, dem grünen Spieltisch, Geldscheinbündeln und Haufen von Goldmünzen. Er setzte eine Karte nach der anderen, bog entschlossen die Ecken, gewann unaufhörlich, scharrte das Gold an sich und steckte die Geldscheine in die Tasche. Er wachte spät auf, seufzte über den Verlust seines phantastischen Reichtums, schlenderte von neuem in der Stadt umher und befand sich wieder vor dem Haus der Gräfin ***. Eine unsichtbare Kraft zog ihn, so schien es, zu ihm hin. Er blieb stehen und sah zu den Fenstern hinauf. In einem von ihnen sah er ein schwarzhaariges Köpfchen, das wahrscheinlich über ein Buch oder eine Handarbeit gebeugt war. Der Kopf erhob sich. Hermann sah ein frisches Gesicht und schwarze Augen. Dieser Augenblick entschied über sein Schicksal.

III

> Vous m'écrivez, mon ange, des lettres de quatre pages plus vite que je ne puis les lire.
>
> *Aus einem Briefwechsel*

Kaum hatte Lisaweta Iwanowna Mantel und Hut abgelegt, als die Gräfin nach ihr schickte und von neuem anspannen ließ. Sie gingen hinunter, um einzusteigen. In dem Augenblick, als zwei Diener die Gräfin hochhoben und ihr durch den Wagenschlag halfen, erblickte Lisaweta Iwanowna unmittelbar am Rad ihren Genieoffizier; er ergriff ihre Hand, sie wußte nicht, was tun vor Schreck; der junge Mann verschwand und ließ einen Brief in ihrer Hand zurück. Sie versteckte ihn in ihrem Handschuh und sah und hörte während des ganzen Weges nichts mehr. Die Gräfin hatte in der Kutsche die Gewohnheit, alle Augenblicke Fragen zu stellen: Wer ist uns da entgegengekommen? Wie heißt diese Brücke? Was steht dort auf dem Schild? Lisaweta Iwanowna antwortete dieses Mal falsch und was ihr gerade in den Kopf kam und verärgerte damit die Gräfin.

»Was ist mit dir, meine Beste! Ist dein Verstand stehengeblieben oder was? Entweder hörst du mich nicht, oder du verstehst mich nicht... Gott sei Dank spreche ich deutlich und habe noch nicht den Verstand verloren!«

Lisaweta hörte nicht auf das, was sie sagte. Nach Hause zurückgekehrt, lief sie auf ihr Zimmer und holte den Brief aus dem Handschuh: Er war nicht versiegelt. Lisaweta Iwanowna las ihn. Der Brief enthielt eine Liebeserklärung. Sie war voller Zärtlichkeit und Ehrerbietung und Wort für Wort einem deutschen Roman entnommen. Aber Lisaweta Iwanowna verstand kein Deutsch und war mit ihm sehr zufrieden.

Doch der Brief, den sie angenommen hatte, beunruhigte sie außerordentlich. Zum erstenmal trat sie in geheime, enge Beziehungen zu einem jungen Mann. Seine Kühnheit entsetzte sie. Sie warf sich ihr unvorsichtiges Benehmen vor und wußte nicht, was tun: Sollte sie aufhören, am Fenster zu sitzen, und durch Nichtbeachten dem jungen Offizier die Lust an weiteren Verfolgungen nehmen? Sollte sie den Brief zurückschicken? Sollte sie kühl entschlossen antworten? Sie hatte niemanden, mit dem sie sich beraten konnte, sie besaß weder eine Freundin noch eine Vertraute. Lisaweta Iwanowna beschloß zu antworten.

Sie setzte sich an ihren kleinen Schreibtisch, nahm Feder und Papier – und verfiel in Nachdenken. Sie begann den Brief mehrere Male – und zerriß ihn immer wieder: Bald erschienen ihr die Ausdrücke zu herablassend, bald zu hart. Schließlich gelangen ihr einige Zeilen, mit denen sie zufrieden war. »Ich bin überzeugt«, schrieb sie, »daß Sie ehrliche Absichten haben und mich durch Ihre unbedachte Tat nicht beleidigen wollten; doch unsere Bekanntschaft hätte nicht auf diese Weise beginnen dürfen. Ich sende Ihnen Ihren Brief zurück und hoffe, daß ich in Zukunft keinen Grund haben werde, mich über unverdienten Mangel an Achtung zu beklagen.«

Als Lisaweta Iwanowna am nächsten Tag Hermanns Nahen bemerkte, stand sie von ihrer Stickerei auf, ging in den Saal, öffnete das Fenster und warf den Brief auf die Straße, sich auf die Behendigkeit des jungen Offiziers verlassend.

Hermann eilte herzu, hob ihn auf und trat in eine Konditorei ein. Als er das Siegel erbrochen hatte, fand er seinen Brief und die Antwort Lisaweta Iwanownas. Dies hatte er auch erwartet, und er kehrte, sehr beschäftigt mit seiner Intrige, nach Hause zurück.

Drei Tage danach brachte eine junge flinkäugige Mamsell aus einem Modegeschäft Lisaweta Iwanowna ein Briefchen. Lisaweta Iwanowna öffnete es voller Unruhe, da sie Geldforderungen vermutete, und erkannte plötzlich die Handschrift Hermanns.

»Sie haben sich geirrt, meine Liebe«, sagte sie, »dieser Brief ist nicht für mich.«

»Nein, er ist für Sie!« antwortete das kecke Mädchen, ohne ein verschmitztes Lächeln zu verbergen. »Lesen Sie ihn bitte!«

Lisaweta Iwanowna überflog den Brief. Hermann forderte eine Zusammenkunft.

»Das kann nicht sein!« sagte Lisaweta Iwanowna, die die Hast der Forderung erschreckte und auch die Art und Weise, wie er sie vorbrachte. »Dieser Brief ist bestimmt nicht an mich gerichtet!« Und sie zerriß ihn in kleine Stückchen.

»Wenn der Brief nicht für Sie bestimmt ist, warum haben Sie ihn dann zerrissen?« fragte die Mamsell. »Ich hätte ihn demjenigen, der ihn geschickt hat, wieder zurückgebracht.«

»Bitte, meine Liebe!« sagte Lisaweta Iwanowna, die bei dieser Bemerkung rot geworden war. »Bringen Sie mir in Zukunft keine Briefe mehr. Und sagen Sie demjenigen, der Sie geschickt hat, daß er sich schämen sollte ...«

Aber Hermann gab nicht auf. Lisaweta Iwanowna erhielt jeden Tag auf die eine oder andere Weise einen Brief von ihm. Sie waren schon nicht mehr aus dem Deutschen übersetzt. Hermann schrieb sie, von Leidenschaft getrieben, und sprach die ihm eigene Sprache: In ihnen kam die Entschlossenheit seiner Wünsche und der Wirrwarr seiner ungezügelten Phantasie zum Ausdruck. Lisaweta Iwanowna dachte gar nicht mehr daran, sie wegzuschicken: Sie berauschte sich an ihnen; sie beantwortete sie – und ihre Briefe wurden stündlich länger und zärtlicher. Schließlich warf sie ihm folgenden Brief aus dem Fenster:

»Heute ist Ball bei dem ***ischen Gesandten. Die Gräfin wird dort sein. Wir werden bis gegen zwei Uhr bleiben. Das ist eine Gelegenheit für Sie, mich allein anzutreffen. Sowie die Gräfin fortgefahren ist, werden ihre Leute wahrscheinlich alle weggehen, im Vorraum bleibt zwar der Portier, doch auch er geht gewöhnlich in seine Loge. Kommen Sie um halb zwölf. Gehen Sie geradeaus die Treppe hinauf. Falls Ihnen im Vorzimmer jemand begegnen sollte, so fragen Sie ihn, ob die Gräfin zu Hause sei. Man wird es verneinen – und dann ist nichts zu machen. Sie müssen umkehren. Wahrscheinlich treffen Sie aber niemanden. Die Mädchen halten sich alle in ihrer Stube auf. Aus dem Vorzimmer gehen Sie nach links und dann immer geradeaus bis zum Schlafzimmer der Gräfin. Im Schlafzimmer sehen Sie hinter dem Wandschirm zwei kleine Türen: Die rechte führt ins Kabinett, das die Gräfin niemals aufsucht, die linke in den Korridor, und dort befindet sich auch die schmale Wendeltreppe – sie führt in mein Zimmer.«

Hermann zitterte wie ein Tiger, während er die festgesetzte Zeit erwartete. Des Abends, um zehn Uhr, stand er schon vor dem Haus der Gräfin. Das Wetter war abscheulich: Der Wind heulte, feuchter Schnee fiel in großen Flocken hernieder, trübe brannten die Laternen, und die Straßen waren leer. Dann und wann trabte, von einer dürren Mähre gezogen, eine Droschke vorbei, und der Kutscher schaute nach einem späten Fahrgast aus. Hermann hatte nur seinen Rock an und spürte weder Wind noch Schnee. Schließlich fuhr die Kutsche der Gräfin vor. Hermann sah, wie zwei Diener die in einen Zobelpelz gehüllte, gebeugte Alte untergefaßt hinausführten und wie ihr die Pflegetochter in leichtem Mantel und mit frischen Blumen im Haar eilig folgte. Der Wagenschlag klappte zu. Schwerfällig rollte die Kutsche auf dem lockeren Schnee dahin. Der Portier schloß die Tür. Die Fenster wurden dunkel. Hermann spazierte vor dem verlassenen Haus auf und ab. Er ging zu einer Laterne und sah auf die Uhr – es war zwanzig Minuten nach elf. Er blieb unter der Laterne stehen, die Augen auf den Uhrzeiger gerichtet, und wartete die restlichen Minuten ab. Punkt halb zwölf schritt er die gräfliche Freitreppe empor und trat in den hell erleuchteten Vorraum ein. Der Portier war nicht da. Hermann lief die Treppe hinauf, öffnete die Tür zum Vorzimmer und erblickte unter der Lampe einen Diener, der in einem alten, fleckigen Sessel schlief. Mit leichtem und sicherem Schritt ging Hermann an ihm vorbei. Saal und Empfangszimmer waren dunkel. Sie wurden schwach von der Lampe aus dem Vorzimmer erhellt. Hermann trat in das Schlafzimmer. Vor einem mit alten Heiligenbildern angefüllten Schrein brannte ein goldenes Öllämpchen. Sessel und Sofas mit verschossenen Bezügen, Daunenkissen und abgeblätterter Vergoldung standen in trauriger Symmetrie an den Wänden, die chinesische Tapeten bedeckten. Zwei Porträts hingen an der Wand, die Madame Lebrun in Paris gemalt hatte. Auf einem war ein Mann von etwa vierzig Jahren, rotwangig und voll, in hellgrüner Uniform, mit einem Ordensstern auf der Brust, dargestellt, auf dem anderen eine junge Schönheit mit Adlernase, hochgekämmtem Schläfenhaar und einer Rose in der gepuderten Frisur. In allen Ecken standen Porzellanhirten, Standuhren des berühmten Leroy, Schächtelchen, Roulettescheiben, Fächer und allerlei Spielzeug für Damen, das Ende des vorigen Jahrhunderts zusammen mit dem Ballon der Brüder Montgolfier und dem Mesmerschen Magnetismus erfunden worden war. Hermann trat hinter den Wandschirm. Dort stand ein kleines eisernes Bett, rechts befand sich eine Tür, die in das Kabinett führte, links eine andere, die auf den Korridor ging. Hermann öffnete sie und erblickte die schmale Wendeltreppe, die zum Zimmer der armen Pflegetochter führte... Doch er kehrte um und ging in das dunkle Kabinett.

Die Zeit verging langsam. Alles war still. Im Gastzimmer schlug es zwölf, in allen Zimmern schlugen die Uhren nacheinander zwölf Uhr – und alles war wieder still. Hermann stand an einen kalten Ofen gelehnt; sein Herz schlug gleichmäßig wie bei einem Menschen, der sich zu etwas Gefährlichem, aber Notwendigem entschlossen hat. Die Uhren schlugen die erste und dann die zweite Morgenstunde – und er hörte von fern das Rollen einer Kutsche. Eine unwillkürliche Aufregung überkam ihn. Die Kutsche fuhr vor und hielt. Er hörte das Fallen des Wagentritts. Im Haus wurde es lebendig. Menschen liefen umher, Stimmen ertönten, und das Haus wurde hell. In das Schlafzimmer kamen drei alte Zofen gelaufen, die Gräfin trat, mehr tot als lebendig, ein und sank in einen Voltairesessel. Hermann sah durch einen Spalt: Lisaweta Iwanowna ging an ihm vorüber. Hermann hörte ihre eiligen Schritte auf den Treppenstufen. In seinem Herzen empfand er etwas ähnliches wie Gewissensbisse, diese Regung ging aber bald vorüber. Er stand, als wäre er von Stein.

Die Gräfin begann sich vor dem Spiegel zu entkleiden. Die mit Rosen verzierte Haube wurde losgesteckt, die gepuderte Perücke von ihrem grauen, kurzgeschorenen Kopf entfernt. Ein Regen von Nadeln ging auf den Boden nieder. Das gelbe, mit Silber bestickte Kleid sank zu ihren geschwollenen Füßen. Hermann war Zeuge der abstoßenden Geheimnisse ihrer Toilette; schließlich stand die Gräfin in Nachtjacke und Schlafmütze da – in diesem Aufzug, der ihrem Alter mehr entsprach, erschien sie weniger schrecklich und häßlich.

Wie alle alten Leute litt die Gräfin an Schlaflosigkeit. Als sie ausgezogen war, setzte sie sich in den Lehnstuhl an das Fenster und schickte die Zofen fort. Die Kerzen wurden hinausgetragen, das Zimmer war wiederum nur von dem Öllämpchen erhellt. Ganz gelb saß die Gräfin da, bewegte die herabhängenden Lippen und schwankte nach rechts und links. In ihren trüben Augen drückte sich völlige Geistesabwesenheit aus; wenn man sie ansah, konnte man denken, daß das Schwanken der furchtbaren Alten nicht auf ihren Willen, sondern auf einen versteckten Galvanismus zurückzuführen sei.

Plötzlich veränderte sich dieses tote Gesicht in unbeschreiblicher Weise. Die Lippen hörten auf, sich zu bewegen, die Augen belebten sich: Vor der Gräfin stand ein unbekannter Mann.

»Erschrecken Sie nicht, um Himmels willen, erschrecken Sie nicht!« sagte er mit eindringlicher und leiser Stimme. »Ich habe nicht die Absicht, Ihnen Schaden zuzufügen, ich bin gekommen, Sie um eine Gnade anzuflehen.«

Die Alte sah ihn schweigend an und schien ihn nicht zu hören. Hermann kam auf den Gedanken, daß sie taub sei, beugte sich unmittelbar an ihr Ohr und wiederholte dasselbe noch einmal. Die Alte schwieg weiterhin.

»Sie können mich«, fuhr Hermann fort, »für mein ganzes Leben glücklich machen, und dies kostet Sie nichts: Ich weiß, daß Sie hintereinander drei Karten erraten können...«

Hermann verstummte. Die Gräfin, so schien es, hatte begriffen, was man von ihr wollte; sie schien nach Worten für ihre Antwort zu suchen.

»Das war ein Scherz«, sagte sie schließlich. »Ich schwöre es Ihnen! Das war ein Scherz!«

»Damit scherzt man nicht«, entgegnete Hermann ärgerlich. »Erinnern Sie sich an Tschaplizkij, dem Sie geholfen haben zu gewinnen.«

Die Gräfin war sichtlich bestürzt. Ihre Züge drückten eine heftige innere Erregung aus, doch bald verfiel sie wieder in ihre vorherige Lethargie.

»Können Sie mir«, fuhr Hermann fort, »diese drei sicheren Karten nennen?«

Die Gräfin schwieg; Hermann fuhr fort: »Für wen hüten Sie Ihr Geheimnis? Für die Enkel? Die sind auch ohnedies reich; zudem kennen sie den Wert des Geldes nicht. Einem Verschwender helfen Ihre drei Karten nicht. Wer das väterliche Erbe nicht zu hüten versteht, stirbt in Armut trotz aller noch so dämonischer Bemühungen. Ich bin kein Verschwender, ich kenne den Wert des Geldes. Ihre drei Karten sind bei mir gut aufgehoben. Nun!...«

Er hielt inne und erwartete zitternd ihre Antwort. Die Gräfin schwieg; Hermann kniete nieder.

»Wenn Ihr Herz jemals das Gefühl der Liebe empfunden hat«, sagte er, »wenn Sie sich dieser Wonnen erinnern, wenn Sie nur ein einziges Mal beim Weinen Ihres neugeborenen Sohnes gelächelt haben, wenn sich jemals etwas Menschliches in Ihrer Brust geregt hat, so beschwöre ich Sie bei den Gefühlen der Gattin, der Geliebten, der Mutter – bei allem, was heilig ist im Leben –, schlagen Sie mir meine Bitte nicht ab! Entdecken Sie mir Ihr Geheimnis! Was liegt Ihnen daran?... Vielleicht ist es mit einer entsetzlichen Sünde verbunden, mit dem Verlust der ewigen Seligkeit, mit einem Teufelspakt... Überlegen Sie: Sie sind alt; Sie haben nicht mehr lange zu leben – ich bin bereit, Ihre Sünden auf mich zu nehmen. Entdecken Sie mir nur Ihr Geheimnis. Bedenken Sie, daß sich das Glück eines Menschen in Ihren Händen befindet, daß nicht nur ich, sondern auch meine Kinder, meine Enkel und Urenkel Ihr Andenken segnen und verehren werden wie ein Heiligtum...«

Die Alte antwortete mit keinem Wort.

Hermann erhob sich.

»Alte Hexe!« sagte er und biß die Zähne zusammen. »So werde ich dich zwingen zu antworten...«

Mit diesen Worten zog er eine Pistole aus der Tasche.

Beim Anblick der Pistole geriet die Gräfin zum zweitenmal in heftige Erregung. Sie wackelte mit dem Kopfe und hob den Arm hoch, als wollte sie sich vor dem Schuß schützen... Dann rollte sie auf den Rücken... und blieb unbeweglich liegen.

»Hören Sie mit der Kinderei auf«, sagte Hermann und ergriff ihre Hand. »Ich frage Sie zum letztenmal: Wollen Sie mir Ihre drei Karten nennen? Ja oder nein?«

Die Gräfin antwortete nicht. Hermann sah, daß sie tot war.

IV

7. Mai 18..
Homme sans mœurs et sans religion!
Aus einem Briefwechsel

Lisaweta Iwanowna saß in ihrem Zimmer, sie hatte noch ihr Ballkleid an und war tief in Gedanken versunken. Als sie nach Hause gekommen war, hatte sie es eilig, das verschlafene Mädchen fortzuschicken, das ihr widerstrebend ihre Dienste anbot – sie sagte, daß sie sich selbst ausziehen werde, ging zitternd auf ihr Zimmer, hoffte dabei, Hermann anzutreffen, und wünschte es auch wieder nicht. Auf den ersten Blick sah sie, daß er nicht da war, und dankte dem Schicksal, daß es eine Zusammenkunft verhindert hatte. Sie setzte sich, ohne sich auszuziehen, und rief sich die Umstände in Erinnerung zurück, die sie in so kurzer Zeit so weit geführt hatten. Nicht einmal drei Wochen waren vergangen seit jenem Tage, an dem sie den jungen Mann zum erstenmal von ihrem Fenster aus gesehen hatte, und schon stand sie im Briefwechsel mit ihm – und schon hatte er ihr Einverständnis zu einer nächtlichen Zusammenkunft erlangt! Sie kannte seinen Namen nur, weil einige Briefe von ihm unterschrieben waren; sie hatte nie mit ihm gesprochen, seine Stimme nicht vernommen, niemals etwas über ihn gehört... bis zu diesem Abend. Seltsam! Ausgerechnet an diesem Abend schmollte Tomskij auf dem Ball mit Prinzeß Polina ***, weil sie gegen ihre Gewohnheit nicht mit ihm kokettierte, und gab sich aus Rache gleichgültig: Er forderte Lisaweta Iwanowna auf und tanzte mit ihr eine endlose Masurka. Während der ganzen Zeit scherzte er über ihre Vorliebe für Genieoffiziere, beteuerte, daß er bedeutend mehr wüßte, als sie ahne, und einige seiner Scherze waren so geschickt angebracht, daß Lisaweta Iwanowna mehrere Male dachte, er wisse von ihrem Geheimnis.

»Von wem wissen Sie dies alles?« fragte sie lachend.

»Von dem Freund einer Ihnen bekannten Person«, gab ihr Tomskij zur Antwort. »Es ist ein außerordentlich bemerkenswerter Mensch!«

»Und wer ist dieser bemerkenswerte Mensch?«

»Er heißt Hermann.«

Lisaweta Iwanowna antwortete nichts, doch ihr Hände und Füße erstarrten zu Eis...

»Dieser Hermann«, fuhr Tomskij fort, »ist ein echter Romanheld: Er hat das Profil eines Napoleon und die Seele eines Mephistopheles. Ich schätze, daß er mindestens drei Verbrechen auf seinem Gewissen hat. Wie blaß Sie geworden sind!«

»Ich habe Kopfschmerzen... Und was hat Ihnen Hermann, oder wie er hieß, gesagt?«

»Hermann ist sehr unzufrieden mit seinem Freund, er sagt, an seiner Stelle würde er ganz anders vorgehen... Ich nehme sogar an, daß er selbst einen Blick auf Sie geworfen hat, jedenfalls ist er durchaus nicht gleichgültig, wenn er die verliebten Reden seines Freundes hört.«

»Wo soll er mich denn gesehen haben?«

»In der Kirche vielleicht, oder beim Spazierengehen!... Weiß der Himmel! Vielleicht in Ihrem Zimmer, als Sie schliefen: Er bringt alles fertig...«

Drei Damen traten mit der Frage »oubli ou regret« an sie

heran und unterbrachen das Gespräch, das für Lisaweta Iwanowna von peinigendem Interesse zu werden begann.

Die Dame, die sich Tomskij erwählt hatte, war Prinzeß *** selbst. Es gelang ihr, sich mit ihm auszusöhnen, indem sie mit ihm eine zusätzliche Tour tanzte und dazu noch vor ihrem Stuhl einen Kreis beschrieb. Als Tomskij auf seinen Platz zurückkehrte, dachte er weder an Hermann noch an Lisaweta Iwanowna. Sie wollte unbedingt das unterbrochene Gespräch wiederaufnehmen; doch die Masurka ging zu Ende, und bald darauf fuhr die alte Gräfin fort.

Die Worte Tomskijs waren nichts anderes gewesen als eine während einer Masurka übliche Unterhaltung, doch sie hatten bei der jungen Träumerin einen tiefen Eindruck hinterlassen. Das Porträt, das Tomskij entworfen hatte, ähnelte dem Bild, das sie sich selbst von ihm gemacht hatte, und dank der neuen Romane schreckte dieser beinahe schon banale Mensch ihre Einbildungskraft und nahm sie gleichzeitig gefangen. Sie saß da, die nackten Arme kreuzweise verschränkt, den noch mit Blumen geschmückten Kopf auf die entblößte Brust gesenkt... Plötzlich ging die Tür auf, und Hermann trat herein. Sie erbebte...

»Wo waren Sie gewesen?« fragte sie mit ängstlichem Flüstern.

»Im Schlafzimmer bei der alten Gräfin«, antwortete Hermann. »Ich komme gerade von ihr. Die Gräfin ist tot.«

»Mein Gott!... Was sagen Sie da?«

»Und es scheint«, fuhr Hermann fort, »ich bin an ihrem Tod schuld.«

Lisaweta Iwanowna sah ihn an, und sie hörte wieder die Worte Tomskijs: *Dieser Mensch hat mindestens drei Verbrechen auf seinem Gewissen!* Hermann setzte sich neben sie auf das Fensterbrett und erzählte alles.

Lisaweta Iwanowna hörte ihm voll Entsetzen zu. Diese

leidenschaftlichen Briefe, diese glühenden Forderungen, diese kühne und hartnäckige Verfolgung, all das war also keine Liebe! Geld – das war es, wonach seine Seele lechzte! Sie konnte seine Wünsche nicht befriedigen und ihn glücklich machen! Die arme Pflegetochter war nichts anderes als das blinde Werkzeug eines Räubers, des Mörders ihrer alten Wohltäterin! Bittere Tränen weinte sie in später, qualvoller Reue. Hermann betrachtete sie schweigend. Auch er litt Qualen, doch weder die Tränen des armen Mädchens noch der erstaunliche Liebreiz ihres Schmerzes berührten sein kaltes Herz. Er empfand keine Gewissensbisse beim Gedanken an die tote Greisin. Eines entsetzte ihn: Der unwiederbringliche Verlust des Geheimnisses, von dem er Bereicherung erwartet hatte.

»Sie sind ein Ungeheuer!« sagte schließlich Lisaweta Iwanowna.

»Ich wollte nicht ihren Tod«, antwortete Hermann. »Meine Pistole ist nicht geladen.«

Beide schwiegen.

Der Morgen brach an. Lisaweta Iwanowna löschte die fast niedergebrannte Kerze aus; fahles Licht erleuchtete das Zimmer. Sie wischte sich die Tränen aus den Augen und hob den Blick zu Hermann: Er saß, die Arme gekreuzt und mit finsterem Blick, auf dem Fensterbrett. In dieser Haltung erinnerte er erstaunlich an das Porträt Napoleons. Diese Ähnlichkeit verblüffte sogar Lisaweta Iwanowna.

»Wie kommen Sie nun aus dem Haus heraus?« sagte endlich Lisaweta Iwanowna. »Ich hatte vor, Sie über die Geheimtreppe zu führen, doch da muß man an dem Schlafzimmer vorbei, und ich fürchte mich.«

»Sagen Sie mir, wie diese Geheimtreppe zu finden ist, und ich gehe.«

Lisaweta Iwanowna stand auf, nahm aus der Kommode

einen Schlüssel, reichte ihn Hermann und gab ihm genaue Anweisungen. Hermann drückte ihre kalte, unbewegliche Hand, küßte sie auf den gesenkten Kopf und ging hinaus.

Er ging die Wendeltreppe hinab und trat wieder in das Schlafzimmer der Gräfin. Die tote Alte saß wie versteinert da, ihr Gesicht drückte tiefe Ruhe aus. Hermann blieb vor ihr stehen und sah sie lange an, als wollte er sich von der entsetzlichen Wahrheit überzeugen; schließlich ging er in das Kabinett, fand dort, an der Tapete tastend, eine Tür und ging eine finstere Treppe hinunter, wobei ihn seltsame Gefühle bewegten. Diese gleiche Treppe, so dachte er, ist vielleicht zu dieser Stunde vor sechzig Jahren ein junger Glückspilz in besticktem Rock, à l'oiseau royal frisiert und den Dreispitz an sein Herz gepreßt, in dieses gleiche Schlafzimmer hochgeschlichen; er ist schon lange in seinem Grab vermodert, und das Herz seiner hochbetagten Geliebten hat heute aufgehört zu schlagen...

Unterhalb der Treppe fand Hermann eine Tür, die er mit dem gleichen Schlüssel öffnete, und gelangte in einen durchgehenden Korridor, der auf die Straße führte.

V

> In dieser Nacht erschien mir die selige Baronesse von W***. Sie war ganz in Weiß und sagte zu mir: »Guten Tag, Herr Rat!«
>
> *Swedenborg*

Drei Tage nach der verhängnisvollen Nacht, um neun Uhr morgens, machte sich Hermann auf den Weg zum Kloster ***, wo das Totenamt für die verstorbene Gräfin abgehalten werden sollte. Er empfand keine Reue, doch konnte er die Stimme seines Gewissens, die ihm ständig wiederholte: Du bist der Mörder der Alten! nicht vollkommen zum Schweigen bringen. Echten Glauben besaß er kaum, doch war er sehr abergläubisch. Er glaubte, daß die tote Gräfin einen schädlichen Einfluß auf sein Leben ausüben könne – und beschloß, bei ihrem Begräbnis zu erscheinen, um sie um Vergebung zu bitten.

Die Kirche war überfüllt. Hermann drängte sich nur mit Mühe durch die Menschenmenge. Der Sarg stand auf einem kostbaren Katafalk unter einem Samtbaldachin. Die Verstorbene lag darin mit auf der Brust gekreuzten Händen, in einer Spitzenhaube und einem weißen Atlaskleid. Ringsherum stand das Hausgesinde: die Diener in schwarzen Röcken, mit Wappenbändern um die Schulter und Kerzen in der Hand, und die Verwandten – Kinder, Enkel und Urenkel – in tiefer Trauer. Niemand weinte; Tränen wären une affectation gewesen. Die Gräfin war so alt geworden, daß ihr Tod niemand mehr überraschen konnte und ihre Verwandten sie schon längst als eine Dahingegangene betrachtet hatten. Ein junger Bischof hielt die Grabrede. In einfachen und zu Herzen gehenden Worten schilderte er das friedliche Hinscheiden der Gerechten, für die so viele Jahre eine stille und ergreifende Vorbereitung auf ihr christliches Ende gewesen seien. »Der Todesengel fand sie«, sagte der Redner, »in guten Gedanken wachend und in Erwartung des mitternächtigen Bräutigams.« Der Gottesdient schloß mit trauriger Würde. Die Verwandten nahmen als erste von der Toten Abschied. Dann näherte sich die Vielzahl der Gäste, um sich vor derjenigen zu verneigen, die so lange an ihren eitlen Vergnügungen teilgenommen hatte. Ihnen folgten alle, die zum Hause gehörten. Schließlich trat eine alte Beschließerin heran, eine Altersgenossin der Verstorbenen. Zwei junge Mädchen stützten sie. Sie war zu schwach, um sich bis zur Erde zu verneigen, und sie allein vergoß einige Tränen, als sie die kalte Hand ihrer Herrin küßte. Nach ihr entschloß sich Hermann, an den Sarg zu treten. Er verbeugte sich bis zur Erde und lag einige Minuten auf dem kalten, mit Tannenzweigen bedeckten Boden. Schließlich erhob er sich, bleich wie die Tote, trat auf die Stufen des Katafalks und beugte sich vor... In diesem Augenblick schien es ihm, daß ihn die Tote belustigt ansah und dabei ein Auge zukniff. Hermann wich jäh zurück, trat fehl und fiel rücklings auf den Boden. Man hob ihn auf. Zur selben Zeit trug man die ohnmächtige Lisaweta Iwanowna aus der Kirche. Dieser Vorfall störte für einige Augenblicke die Feierlichkeit der düsteren Trauerzeremonie. Unter den Besuchern erhob sich ein dumpfes Gemurmel, und ein hagerer Kammerherr, ein naher Verwandter der Verstorbenen, flüsterte dem neben ihm stehenden Engländer ins Ohr, daß der junge Offizier ihr unehelicher Sohn sei, worauf der Engländer kühl erwiderte: »Oh?«

Den ganzen Tag über war Hermann außerordentlich verstimmt. Er aß in einem abgelegenen Gasthaus zu Mittag und trank gegen seine Gewohnheit sehr viel, in der Hoffnung, seine innere Erregung zu betäuben. Doch der Wein erhitzte seine Einbildungskraft noch mehr. Als er zu Hause angelangt war, warf er sich unausgezogen aufs Bett und schlief fest ein.

Er wachte erst in der Nacht auf: Der Mond schien in sein Zimmer. Er sah auf die Uhr, es war dreiviertel drei. Seine Müdigkeit war verflogen, er setzte sich auf das Bett und dachte an das Begräbnis der alten Gräfin.

In diesem Augenblick sah jemand von der Straße zu seinem Fenster herein – und trat sofort zurück. Hermann schenkte dem keinerlei Beachtung. Gleich darauf hörte er, wie die Tür im Vorzimmer geöffnet wurde. Hermann glaubte, es sei sein Bursche, der, wie gewöhnlich, betrunken von einem nächtlichen Bummel zurückkehrte. Doch er vernahm einen unbekannten Schritt: Jemand nahte, leise mit den Pantoffeln schlurfend. Die Tür öffnete sich, und eine Frau in einem weißen Kleid trat ein. Hermann hielt sie für seine alte Amme und wunderte sich, was sie um diese Stunde zu ihm geführt haben konnte. Doch die weiße Frau glitt näher heran, stand plötzlich vor ihm – und Hermann erkannte die Gräfin.

»Ich bin wider meinen Willen zu dir gekommen«, sagte sie mit fester Stimme, »doch mir ist aufgetragen worden, deine Bitte zu erfüllen. Mit der Drei, der Sieben und dem As wirst du hintereinander gewinnen – doch unter der Bedingung, daß du nicht mehr als eine Karte in vierundzwanzig Stunden setzt und danach dein ganzes Leben nicht mehr spielst. Ich vergebe dir meinen Tod unter der Bedingung, daß du meine Pflegetochter Lisaweta Iwanowna heiratest...«

Mit diesen Worten drehte sie sich lautlos um, ging zur Tür und verschwand, mit ihren Pantoffeln schlurfend. Hermann hörte, wie die Tür in der Diele zuschlug, und sah, daß jemand erneut zum Fenster hereinguckte.

Lange konnte Hermann nicht zur Besinnung kommen. Er ging in ein anderes Zimmer. Sein Bursche schlief auf dem Fußboden; Hermann konnte ihn nur mit Mühe wecken. Wie gewöhnlich, war der Bursche betrunken: Von ihm war nichts zu erfahren. Die Tür zur Diele war verriegelt. Hermann ging in sein Zimmer zurück, zündete eine Kerze an und schrieb seine Vision auf.

VI

»Attendez!«
»Wie können Sie es wagen, zu mir *attendez* zu sagen?«
»Euer Hochwohlgeboren, ich sagte *attendez, mein Herr*!«

Zwei fixe Ideen können in der sittlichen Natur ebensowenig nebeneinander existieren, wie zwei Körper in der physischen Welt ein und denselben Platz einnehmen können. Die Drei, die Sieben und das As verdrängten in Hermanns Phantasie bald das Bild der toten Alten. Die Drei, die Sieben und das As gingen ihm nicht aus dem Kopf, und seine Lippen flüsterten ständig diese Namen. Wenn er ein junges Mädchen sah, sagte er: »Wie schlank sie ist! Eine richtige Cœur-Drei.« Wenn man ihn fragte: »Wie spät ist es?«, so antwortete er: »Fünf Minuten vor der Sieben.« Jeder dicke Mann erinnerte ihn an ein As. Die Drei, die Sieben und das As verfolgten ihn im Schlaf, wobei sie alle möglichen Formen annahmen: Die Drei blühte üppig wie eine große Blume, die Sieben erschien ihm als ein gotisches Tor und das As als eine Riesenspinne. Alle seine Gedanken waren nur auf das eine gerichtet – das Geheimnis, das ihm so teuer zu stehen gekommen war, sich zunutze zu machen. Er dachte daran, seinen Abschied zu nehmen und zu reisen. Er wollte in den öffentlichen Spielhäusern von Paris der bezauberten Fortuna den Schatz entreißen. Allein der Zufall entledigte ihn aller Sorgen.

In Moskau hatte sich eine Gesellschaft reicher Spieler unter dem Vorsitz des berühmten Tschekalinskij gebildet, der sein ganzes Leben beim Kartenspiel zugebracht und einst Millionen gewonnen hatte, wobei er Wechsel gewann und bares Geld verlor. Durch seine langjährige Erfahrung erwarb er sich das Vertrauen seiner Freunde, während sein gastfreundliches Haus, sein ausgezeichneter Koch, seine Liebenswürdigkeit und Fröhlichkeit ihm die Achtung des Publikums gewannen. Er kam nach Petersburg. Die Jugend strömte ihm zu, sie vergaß die Bälle über den Karten und zog die Reize des Pharao den Versuchungen einer Umwerbung vor. Narumow brachte Hermann zu ihm.

Sie durchschritten eine Reihe prunkvoller Zimmer, in denen viele höfliche Diener herumstanden. Einige Generäle und Geheimräte spielten Whist; die jungen Leute saßen bequem auf den Samtsofas, aßen Halbgefrorenes und rauchten ihre Pfeifen. Im Gastzimmer saß der Hausherr an einem langen Tisch, um den sich ungefähr zwanzig Spieler drängten, und hielt die Bank. Er war ein Mann von etwa sechzig Jahren und sehr würdevollem Äußeren; sein Haupt bedeckte silbernes Haar; sein volles und frisches Gesicht drückte Gutmütigkeit aus; seine Augen glänzten und wurden von einem immerwährenden Lächeln belebt. Narumow stellte ihm Hermann vor. Tschekalinskij drückte ihm freundschaftlich die Hand, bat, sich nicht zu genieren, und fuhr fort, die Bank zu halten.

Die Taille dauerte lange. Auf dem Tisch lagen mehr als dreißig Karten.

Tschekalinskij hielt nach jedem Wurf inne, um den Spielern Zeit zu geben, ihre Anordnungen zu treffen, schrieb die Verluste auf, hörte höflich auf ihre Forderungen und strich noch höflicher eine überflüssige Ecke glatt, die eine zerstreute Hand eingebogen hatte. Endlich war die Taille beendet. Tschekalinskij mischte die Karten und bereitete sich auf die nächste vor.

»Gestatten Sie mir, eine Karte zu setzen«, sagte Hermann und streckte seine Hand hinter einem dicken Herrn hervor, der dort gerade pointierte. Tschekalinskij lächelte und verbeugte sich schweigend zum Zeichen seines ergebenen Einverständnisses. Narumow gratulierte Hermann lachend zur Beendigung seines langjährigen Fastens und wünschte ihm einen glücklichen Anfang.

»Bitte!« sagte Hermann und schrieb mit Kreide eine hohe Summe über seine Karte.

»Wieviel?« fragte der Bankhalter und kniff die Augen zusammen. »Entschuldigen Sie, ich kann es nicht erkennen.«

»Siebenundvierzigtausend«, antwortete Hermann.

Bei diesen Worten fuhren alle Köpfe jäh herum, und die Augen aller richteten sich auf Hermann. Er ist wahnsinnig geworden! dachte Narumow.

»Gestatten Sie mir zu bemerken«, sagte Tschekalinksij mit unveränderlichem Lächeln, »daß Ihr Spiel sehr hoch ist: Hier hat noch niemand mehr gesetzt als zweihundertfünfundsiebzig simple.«

»Nun und?« entgegnete Hermann. »Nehmen Sie das Spiel an oder nicht?«

Tschekalinskij verbeugte sich mit derselben Miene ergebenen Einverständnisses.

»Ich wollte Sie nur darauf hinweisen«, sagte er, »daß ich, da mich meine Freunde ihres Vertrauens würdigen, nur gegen bares Geld spielen kann. Ich meinerseits bin natürlich überzeugt, daß Ihr Wort genügt, doch um der Ordnung beim Spiel und beim Rechnen willen bitte ich Sie, das Geld auf die Karte zu legen.«

Hermann nahm aus seiner Tasche eine Banknote und reichte sie Tschekalinskij, der sie flüchtig besah und auf die Karte Hermanns legte.

Er begann zu spielen. Rechts fiel eine Neun, links eine Drei.

»Gewonnen!« sagte Hermann und zeigte seine Karte.

Unter den Spielern erhob sich ein Flüstern. Tschekalinskij zog die Brauen zusammen, doch das Lächeln kehrte sofort auf sein Gesicht zurück.

»Gestatten Sie, daß ich Ihnen das Geld gebe?« fragte er Hermann.

»Seien Sie so freundlich.«

Tschekalinskij zog einige Banknoten aus der Tasche und rechnete mit ihm ab. Hermann nahm sein Geld in Empfang und ging vom Tisch fort. Narumow konnte sich immer noch nicht fassen. Hermann trank ein Glas Limonade und machte sich auf den Heimweg.

Am Abend des nächsten Tages erschien er wieder bei Tschekalinskij. Der Hausherr hielt die Bank. Hermann trat an den Tisch heran; die Spieler machten ihm sofort Platz. Tschekalinskij verbeugte sich liebenswürdig vor ihm.

Hermann wartete eine neue Taille ab, setzte eine Karte und legte seine siebenundvierzigtausend und den gestrigen Gewinn darauf.

Tschekalinskij begann zu spielen. Der Bube fiel nach rechts, die Sieben nach links.

Hermann deckte die Sieben auf.

Alle stießen einen Schrei aus. Tschekalinskij war sichtlich betroffen. Er zählte vierundneunzigtausend ab und gab sie Hermann. Hermann nahm sie kaltblütig entgegen und entfernte sich im selben Augenblick.

Am folgenden Abend erschien Hermann wieder am Spieltisch. Alle erwarteten ihn. Generäle und Geheimräte verließen ihren Whist, um dieses ungewöhnliche Spiel zu sehen. Die jungen Offiziere sprangen von den Sofas auf, sämtliche Diener versammelten sich in dem Gästezimmer. Alle umringten Hermann. Die übrigen Spieler setzten ihre Karten nicht und warteten voller Ungeduld auf den Ausgang des Spiels. Hermann stand am Tisch und bereitete sich darauf vor, allein gegen den bleichen, doch ständig lächelnden Tschekalinskij zu pointieren. Jeder öffnete ein Kartenspiel. Tschekalinskij mischte. Hermann hob ab, setzte seine Karte und bedeckte sie mit einem Bündel Banknoten. Es sah aus wie ein Zweikampf. Tiefes Schweigen herrschte ringsum.

Tschekalinskij begann zu spielen, seine Hände zitterten. Rechts fiel eine Dame, links ein As.

»As hat gewonnen!« sagte Hermann und deckte seine Karte auf.

»Ihre Dame ist geschlagen«, sagte Tschekalinskij liebenswürdig.

Hermann fuhr auf: In der Tat, statt des Asses lag vor ihm die Pique Dame. Er traute seinen Augen nicht, er verstand nicht, wie er sich hatte irren können.

In diesem Augenblick schien ihm, daß die Pique Dame ein Auge zukniff und höhnisch lächelte. Die ungewöhnliche Ähnlichkeit verblüffte ihn...

»Die Alte!« schrie er voller Entsetzen.

Tschekalinskij strich die verlorenen Banknoten ein. Hermann stand unbeweglich da. Als er vom Tisch fortging, erhob sich eine laute Unterhaltung. »Herrlich pointiert hat er!« sagten die Spieler. Tschekalinskij mischte von neuem die Karten: Das Spiel nahm seinen Fortgang.

Epilog

Hermann ist wahnsinnig geworden. Er sitzt im Obuchow-Krankenhaus, Zimmer 17, antwortet auf keinerlei Fragen und murmelt ungewöhnlich schnell: Drei, Sieben, As! Drei, Sieben, Dame!...

Lisaweta Iwanowna hat einen sehr netten jungen Mann geheiratet; er dient irgendwo und hat ein ordentliches Vermögen: Er ist der Sohn des ehemaligen Verwalters der Gräfin. Bei Lisaweta Iwanowna wird eine arme Verwandte erzogen.

Tomskij ist zum Rittmeister befördert worden und heiratete Prinzeß Polina.

Erläuterungen

Das einsame Häuschen auf der Basilius-Insel

S. 11 *Basilius-Insel* (russ. Wassiljewskij ostrow) Zwischen der Großen und der Kleinen Newa gelegene große Insel im Newa-Delta.

Kollegium bis 1803 Bezeichnung der obersten Regierungsbehörden, später Ministerium.

S. 12 *Menäen* (von griech. men = Monat) In 12 Monatsbände gegliederte Sammlung von Heiligenleben und erbaulichen Legenden.

S. 14 *rechtgläubig* Wörtliche Übersetzung von griech. *orthodox*.

S. 17 *Gall*, Franz Joseph (1758-1828) Mediziner, Begründer der damals heftig diskutierten Kraniologie oder Schädellehre.

S. 18 *die Brücken aufgemacht* Es handelt sich um Pontonbrücken, die zu bestimmten Nachtstunden auseinandergefahren wurden, um Schiffe durchzulassen. Die heutigen Stein- und Klappbrücken gab es zu Puschkins Zeit noch nicht.

S. 22 *der arme Makar* Der Pechvogel im russischen Sprichwort, dem ein Mißgeschick nach dem andern zustößt.

Tit Kosmokratow Unter diesem Pseudonym hat Wladimir Pawlowitsch Titow (1807-1891) diese Erzählung 1829 in dem von Puschkins Freund Baron Delwig herausgegebenen Almanach »Nördliche Blumen« veröffentlicht. Er selbst erklärte 1879 in einem Brief: »Im strengen historischen Sinne ist dies gar nicht das Produkt von Kosmokratow, sondern von Alexander Sergejewitsch Puschkin, der diesen ganzen Teufelskram vom einsamen Häuschen auf der Basilius-Insel eines späten Abends meisterhaft erzählt hatte bei den Karamsins, zum heimlichen Schauder aller Damen... Der im gleichen Zimmer sitzende Kosmokratow hatte zugehört und konnte, wieder zu Hause, die ganze Nacht nicht einschlafen und hat's dann nach einiger Zeit aus dem Gedächtnis zu Papier gebracht. Da er aber gegen das alttestamentliche Gebot ›Du sollst nicht stehlen‹ nicht verstoßen wollte, ging er mit dem Heft zu Puschkin ins Hotel Demut, überredete ihn, sich das Ganze von vorn bis hinten anzuhören, nutzte viele, ihm bis heute gut erinnerliche Verbesserungen und gab es dann auf dringenden Wunsch Delwigs in die ›Nördlichen Blumen‹.

Das Häuschen in Kolomna

S. 45 *Kolomna* Stadtteil von Petersburg am rechten Ufer der Fontanka bei der Einmündung des heutigen Gribojedow-Kanals. Dort wohnten überwiegend Handwerker und kleine Beamten. Dort wohnte in seiner Petersburger Zeit (1818-1820) Puschkin, und dort läßt er auch den kleinen Beamten Jewgeni aus dem »Ehernen Reiter« wohnen.

Als Puschkin im Juli 1829 von einem nicht genehmigten Besuch bei der gegen die Türken kämpfenden Truppe nach Rußland zurückkehrte, fand er sich erstmals mit massiver Kritik in der regierungsnahen Presse konfrontiert. Man warf ihm unter anderem vor, statt patriotischer Hymnen auf die Siege der russischen Waffen habe er nur das inhaltsarme siebente Kapitel seines Versromans »Jewgeni Onegin« veröffentlicht. Seine Antwort auf solche Vorwürfe war das Poem vom »Häuschen in Kolomna«, eine subtile Parodie, die in feierlichen Oktavenstrophen daherkommt, mit militärischen Metaphern spielt und den mythologischen Apparat der klassizistischen Odendichtung beurlaubt, um dann eine banale Anekdote zu erzählen. Im Entwurf war der Spott mit dem Militärischen noch weiter getrieben und sogar ein Motto aus Ovid vorgesehen: *modo vir, modo femina (d. h. bald Mann, bald Frau).* Neben der parodistischen Absicht ist das Ganze aber auch eine Absage an die Ansprüche des Publikums an den Dichter, er möge Nutzen stiften, und ein Plädoyer für die Freiheit des Dichters bei der Wahl seiner Themen und Helden.

S. 47 *Schichmatow* (1783-1837) Autor von Versdichtungen religiösen Inhalts. Er vermied die im Russischen sehr leicht zu realisierenden Reime von gleichlautenden Verb-Endungen.

S. 49 *Newskij* Der Newskij Prospekt, Petersburgs Prachtstraße.
Pegasus In der griechischen Mythologie das geflügelte Dichterroß.
Parnaß Gebirgsstock nördlich von Delphi, im Altertum *Apoll* und den von ihm angeführten *Musen* heilig.

S. 51 *Emin* (1735-1770) Verfasser sentimentaler Romane.

S. 52 *Es seufzt das graue Täubchen* Empfindsame Romanze, Text von I.I. Dmitrijew (1760-1837).
Ich tret heraus... Empfindsame Romanze, Text von Neledinski-Melezki (1752-1829).

S. 53 *Diana* Hier poetische Metapher für den Mond, den häufigen Gegenstand sentimentaler und romantischer Literatur.

S. 57 *Ochta* An diesem rechten Nebenflüßchen der Newa im gleichnamigen Vorort Petersburgs lag ein Friedhof, auf dem vorwiegend die ärmere Bevölkerung ihre Toten beerdigte.

Der Postmeister

Im Herbst 1830 begab sich Puschkin in das Dorf Boldino im Gouvernement Nishnij-Nowgorod, um dort einen Teil des väterlichen Gutes zu übernehmen, der ihm im Hinblick auf die bevorstehende Heirat überlassen werden sollte. Dort wurde er von einer Cholera-Quarantäne überrascht, konnte nicht nach Moskau zurückkehren und mußte mehr als zwei Monate in Boldino bleiben. Dieser Herbst wurde zur dichterisch ertragreichsten Periode seines Lebens. In Boldino schrieb Puschkin etwa dreißig Gedichte, vier kleine Tragödien, das »Häuschen in Kolomna«, viele Briefe und Entwürfe, die parodistische »Geschichte des Dorfes Gorjuchino« und einen Zyklus von fünf kurzen Erzählungen unter der Überschrift »Erzählungen des verstorbenen Iwan Petrowitsch Belkin« mit dem Vermerk: »Herausgegeben von A. P.«. Puschkin war bei dieser ersten Prosa, die er veröffentlichte, sehr vorsichtig: er firmierte nur als Herausgeber, schrieb die Autorschaft dem fiktiven I. P. Belkin zu und erklärte in einem Vorwort zudem, von wem Belkin die einzelnen Geschichten gehört habe. So sei ihm der »Postmeister« von einem Titularrat A. G. N. erzählt worden. Damit ist der Erzähler als Beamter der 9. Rangstufe gekennzeichnet, übrigens der gleichen Rangstufe (s. u.), der auch Puschkin damals als Beamter des Außenministeriums angehörte.

S. 65 *Kollegienregistrator* Beamter der 14. Rangstufe. Seit einem Erlaß Peters des Großen aus dem Jahre 1722 bis zur Oktoberrevolution 1917 galt in Rußland das System der Rangstufen 1 bis 14, in die sämtliche Staatsdiener in der Zivilverwaltung, Heer, Marine und Hofhaltung eingereiht waren. Die Beachtung des jeweiligen Ranges in der Öffentlichkeit war – auch für die Ehefrauen der Betroffenen – obligatorisch, Verstöße wurden streng geahndet. Darauf spielt Puschkin auch im weiteren Verlauf der Erzählung an. Die 8. Rangstufe war mit der Erhebung in den Adel verbunden, weshalb z. B. Lenin als Sohn eines Gymnasialdirektors Adliger war.

Fürst Wjasemski (1792-1878) Freund Puschkins, Dichter, Kritiker und Beamter. Das Motto ist seinem Gedicht »Die Poststation« (1825) entnommen.

Muromsche Räuber Die ausgedehnten Wälder um die an der Oka gelegene Stadt Murom waren seit alter Zeit verrufen als Refugium von Räuberbanden.

S. 66 *Beamter der sechsten Klasse*, d. h. der 6. Rangstufe, entspricht unserer Gehaltsstufe A 16, also Oberst oder Ministerialrat.

S. 68 *Geschichte des verlorenen Sohnes* Die Bilder sind als Kontrastfolie für die vier Szenen der Erzählung gedacht.

S. 69 *Samson Wyrin* Der Name des Postmeisters deutet hin auf die Poststation Wyra, ein Dorf an der Straße nach Luga, etwa 70 km SW Petersburg. Die dortige Poststation ist erhalten und kann heute als Museum besichtigt werden.

S. 74 *Viertel des Ismailowskij-Garderegiments* Gemeint ist das große, südlich der Fontanka gelegene Areal, in dem sich die Kasernen dieses Regiments befanden (heute 1. bis 13. Krasnoarmejskaja ulica), zu Puschkins Zeit eine ärmliche Gegend am Stadtrand.

Hotel Demut Moika Nr. 40, dort hat auch Puschkin 1827-29 öfter gewohnt.

S. 78 *Terentitsch in Dmitrijews schöner Ballade* Gestalt aus der Ballade »Karikatura« (1791) von I. I. Dmitrijew (1760-1837).

Ägyptische Nächte

Die Prosateile dieses Fragments wurden wahrscheinlich im Herbst 1835 geschrieben, als Puschkin das mütterliche Gut Michailowskoje im Gouvernement Pskow besuchte, wo er von 1824 bis 1826 als Verbannter gelebt hatte. Dort war 1824 die erste Fassung des Kleopatra-Gedichts entstanden, die in ihrer 1828 überarbeiteten Form der zweiten Improvisation des Italieners zugrunde liegt. Die erste Improvisation ist einem unvollendeten Entwurf aus dem Jahre 1833 entnommen, in dem das Thema der Freiheit des Dichters im Mittelpunkt stand, das Puschkin schon 1830 im »Häuschen in Kolomna« humoristisch behandelt hatte.

In der vorliegenden Gestalt wurde das Fragment erstmals nach Puschkins Tod im 8. Band seiner Zeitschrift »Der Zeitgenosse« (1837) gedruckt. Die Abfolge der Strophen in dem Kleopatra-Gedicht orientiert sich am Text der 10-bändigen Puschkin-Ausgabe von Tomaschewski, die 1956 in zweiter Auflage in Moskau im Verlag der Akademie der Wissenschaften erschienen ist.

S. 83 Das französische Motto – »Was ist das für ein Mann?« – »Oh, das ist ein großes Talent, er macht aus seiner Stimme, was er will.« – »Er täte gut daran, Madame, sich eine Hose daraus zu machen.« – ist einer Sammlung von Wortspielen entnommen, die ein Marquis de Bièvre 1771 unter dem Titel »Alamanach des calembourgs« herausgegeben hatte.

S. 84 *Englisches Magazin* Ein seinerzeit modernes Geschäft in Petersburg, Nichols & Plink, das die verschiedensten Dinge von Textilien und Papier bis zu Juwelierwaren und ausländischen Weinen feilbot.

S. 85 *Resanow* Bekannter Konditor in Petersburg.

S. 86 *Signore... Lei voglia perdonarmi se...* »Mein Herr... verzeihen Sie mir bitte, wenn...«

S. 87 *Signore... ho creduto... ho sentito... la Vostra Eccelenza mi perdonera...* Mein Herr... ich dachte... ich meinte... Eure Exzellenz werden mir verzeihen...«

S. 89 *Ich Zar, ich Knecht, ich Wurm, ich Gott* Zitat aus der berühmten Ode »Gott« (1784) von G. R. Dershawin (1743-1816), dem bedeutendsten Dichter des 18. Jahrhunderts, der kurz vor seinem Tode den damals 16jährigen Lyzeumsschüler Puschkin als seinen Nachfolger bezeichnet hatte.

Corpo di Bacco! Italienischer Ausdruck der Überraschung oder Bewunderung, etwa: »Donnerwetter!«

S. 92 *Wie sieht der Bildhauer...* Anspielung auf ein Sonett von Michelangelo: »Es kann der beste Künstler nichts erdenken, Was nicht der Marmor schon in sich enthielt« (Michelangelo – Sämtliche Gedichte italienisch und deutsch. Übertragen und herausgegeben von Michael Engelhard. Insel Verlag, Frankfurt a. M. und Leipzig 1992, Nr. 151, S. 205f.).

la signora Catalani Angelica Catalani (1780-1849), berühmte Sopranistin, die 1820 auch in Petersburg aufgetreten war.

S. 94 *Tankred* Oper von Rossini, 1813 geschrieben, wurde in der Spielzeit 1834-35 in Petersburg gegeben.

S. 95 *Die Familie der Cenci* Die z. T. legendäre Geschichte dieser Adelsfamilie aus dem 16. Jahrhundert war 1819 von Shelley und 1833 von Custine zu einem Drama verarbeitet worden.

L'ultimo giorno di Pompei Der letzte Tag Pompejis. Titel eines Gemäldes von K. P. Brüllow (1799-1852), das 1834 in Petersburg ausgestellt wurde. Puschkin hat ihm ein Gedicht gewidmet.

Cleopatra e i suoi amanti Kleopatra und ihre Liebhaber

La primavera veduta da una prigione Der Frühling, aus dem Gefängnis gesehen. Anspielung auf das 1832 erschienene (und von Puschkin besprochene) Buch von Silvio Pellico (1789-1854) »Meine Gefängnisse«.

Il trionfo di Tasso Der Triumph Tassos. Tassos tragisches Schicksal – er starb (1595) kurz vor der ihm zugedachten Ehrung als poeta laureatus – wurde auf russisch 1817 in einer Elegie von K. Batjuschkow und 1833 in einem Schauspiel von N. Kukolnik behandelt.

S. 96 *perché la grande regina aveva molto* Denn die große Königin hatte ihrer viele.

S. 97 *Aurelius Victor* Sextus Aurelius Victor, römischer Geschichtsschreiber im 4. Jahrhundert n. Chr. Geb.

Der eherne Reiter

Dies letzte Poem (d.h. Verserzählung) Puschkins entstand im Herbst 1833 in Boldino, zeitgleich mit der Novelle »Pique Dame«. Den historischen Hintergrund bildet die große Flutkatastrophe, die Petersburg 1824 in der Nacht vom 7. auf den 8. November (nach unserem Kalender 19.-20. November) heimgesucht hatte. Nachrichten darüber gelangten auch nach Weimar. Am 9. Dezember erzählt Goethe Eckermann von der »großen Wasserflut« und der »schlechten Lage Petersburgs«. Noch 1829 kommt er darauf zurück und äußert am 12. April zu Eckermann: »Die Lage von Petersburg ist ganz unverzeihlich, um so mehr, wenn man bedenkt, daß der Kaiser die eigentliche Stadt ganz von aller Wassernot hätte frei halten können, wenn er mit ihr ein wenig höher hinaufgegangen wäre und bloß den Hafen in der Niederung gelassen hätte. Ein alter Schiffer machte ihm auch Gegenvorstellungen und sagte ihm voraus, daß die Population alle siebenzig Jahre ersaufen würde. [...] Aber es war alles umsonst, der Kaiser blieb bei seiner Grille. – Sie werden gestehen, daß in diesem Verfahren eines so großen Charakters durchaus etwas Problematisches liege.«

Beides, die Größe und das Problematische, hat Puschkin im »Ehernen Reiter« eindrucksvoll gestaltet: die Größe im hymnischen »Eingang«, das Problematische in der eigentlichen Erzählung.

Auch wer nichts von Puschkin weiß, kennt die Metapher von Petersburg als dem »Fenster nach Europa«. Sie stammt von dem Italiener Algarotti. Er hatte schon 1733 geschrieben, Petersburg sei das Fenster, durch das Rußland Europa betrachte. Puschkin geht weiter. Er läßt den Zaren wörtlich sagen »Von der Natur ist uns hier bestimmt, ein Fenster nach Europa aufzubrechen«, also eine äußerst aktive, fast gewaltsame Tätigkeit. Sie steht für das zentrale Anliegen Peters: die Öffnung Rußlands nach Westen, und das ist ja bis heute die Schicksalsfrage der russischen Geschichte. Hinter der Rußland-Europa-Problematik steht die Frage nach dem Verhältnis des Individuums zur Staatsmacht. Puschkin hat die Alternative »Rebellion oder Unterwerfung« in der Gestalt des armen Jewgeni angelegt, die ganz seine Erfindung ist, dabei aber ein glaubwürdiger Mensch, während die Staatsmacht vertreten wird durch eine Statue, ein »Götzenbild«.

Das bronzene Reiterstandbild Peters des Großen wurde im Auftrag der Kaiserin Katharina II. von dem französischen Bildhauer Falconet geschaffen und 1782 aufgestellt, versehen mit der stolzen Inschrift PETRO PRIMO CATHARINA SECUNDA (*Peter dem Ersten Katharina die Zweite*). Zu Puschkins Zeit war es von einer Einzäunung umgeben, die sehr nah an dem Felssockel stand, und von einem Standpunkt an dieser Einzäunung hatte man das sich aufbäumende Pferd drohend über sich. Dies ist der Blickwinkel Jewgenis im zweiten Teil der Erzählung.

Gegenspieler des Ehernen Reiters ist Jewgeni, dessen einstmals berühmten Familiennamen wir nicht erfahren. Er ist Subalternbeamter in einem Ministerium und wohnt im Stadtteil Kolomna, wo deutsche Handwerker, kleine Beamte und verarmte Adlige leben (so 1818-20 auch Puschkin). Oft wird Jewgeni als der erste »kleine Mann« der russischen Literatur bezeichnet. Zugleich ist er aber auch noch Adliger und Angehöriger der gleichen Generation, zu der auch die Dekabristen zählen, die als die ersten russischen Revolutionäre gelten, dabei aber sämtlich Adlige, sogar aus den angesehensten Familien, waren.

Die Dekabristen hatten am 14. Dezember 1825 versucht, die Thronbesteigung Nikolaus I. zu verhindern durch einen Militärputsch, der blutig niedergeschlagen wurde. Und dies hatte sich auf dem Platz abgespielt, auf dem das Falconetsche Denkmal steht. Wenn man bedenkt, daß die große Überschwemmung im November 1824 stattgefunden hatte und die Wiederbegegnung des wahnsinnigen Jewgeni mit der Statue etwa ein Jahr später, so kommt man dem 14. Dezember 1825 sehr nahe. Und man könnte die Verse am Ende des »Eingangs«

> Entsetzlich war es seinerzeit,
> Noch kann sich mancher gut entsinnen ...

auch als Anspielung auf die Niederschlagung des Aufstands verstehen, der ebenso vergeblich war wie das momentane Aufbegehren des wahnsinnigen Jewgeni. Nicht umsonst hatte Nikolaus I. in dem ihm vorgelegten Manuskript gerade diese beiden Stellen gestrichen.

Ebenfalls gestrichen hatte er im »Eingang« den Vergleich von Petersburg und Moskau. Da Puschkin seinen Text nicht ändern mochte, blieb das Poem zu seinen Lebzeiten ungedruckt. Erst postum veröffentlichte Shukowski eine zensurgerechte Fassung, in der Jewgenis Aufbegehren fehlte und der »Götze« durch einen »Giganten« ersetzt war. Den ursprünglichen Text erfuhr das Publikum erst Anfang des 20. Jahrhunderts.

S. 102 *W. N. Berch* Marineschriftsteller, der 1832 ein Buch veröffentlicht hatte: »Genaue Nachrichten über alle in Petersburg vorgefallenen Überschwemmungen«.

S. 107 *Jewgeni* Dieser Vorname war bereits der des Helden von Puschkins Versroman »Jewgeni Onegin« (1832) sowie der des Fragments »Jeserski«, aus dem die erste Improvisation des Italieners in den »Ägyptischen Nächten« übernommen war. *Karamsín*, Nikolai Michailowitsch (1766-1826), Verfasser einer 12-bändigen »Geschichte des russischen Staates« (1818-1824), die die Zeit von den Anfängen bis ins 17. Jahrhundert umfaßt.

S. 110 *Den alten, ruhmreichen Zaren* Alexander I., der Besieger Napoleons, wird hier der *alte* genannt, was nur heißt: der damalige, denn er starb ein Jahr nach der Überschwemmung im Alter von 48 Jahren; ihm folgte sein 19 Jahre jüngerer Bruder Nikolaus I.

S. 115 *Graf Chwostów* (1756-1835), altmodischer Vielschreiber. Puschkin erwähnt ihn ironisch: nach der Feststellung »Schon kehrte wieder Ordnung ein« war es nur natürlich, daß Chwostow wieder dichtete.

S. 118 *Wohin denn sprengst du, stolzes Roß...?* Mit fast der gleichen Frage beschließt Gogol 1842 den ersten Teil der »Toten Seelen«. Auch hier bleibt die Frage nach Rußlands Zukunft unbeantwortet.

S. 120 *Graf Milorádowitsch* (1771-1825), seit 1818 Generalgouverneur von St. Petersburg, wurde am 14. Dezember 1825 von einem Dekabristen erschossen.

General von Benckendorff (1783-1844) war unter Nikolaus I. Chef der Geheimpolizei und Mittelsmann zwischen Puschkin und seinem kaiserlichen Zensor.

Wassili Ruban (1742-1795), unbedeutender Dichter des 18. Jahrhunderts, zu Puschkins Zeit nur noch bekannt durch einen Vierzeiler auf die Errichtung des Falconetschen Reiterdenkmals 1782.

Pique Dame

Anders als der im gleichen Herbst 1833 in Boldino geschriebene »Eherne Reiter« hatte »Pique Dame« keine Schwierigkeiten mit der Zensur und erschien schon 1834 in der auflagenstarken Zeitschrift »Lesebibliothek«. Puschkin selbst notierte: »Meine *Pique Dame* ist in großer Mode. Die Spieler setzen auf Drei, Sieben und As...« Lange Zeit beruhte die Beliebtheit der Novelle auf der spannenden Handlung mit ihrem Oszillieren zwischen Realismus und Phantastik, ohne daß sich die Leser der stilistischen Meisterschaft bewußt gewesen wären, die hinter dieser Faszination stand. Gewiß, die großen »Kollegen« Puschkins erkannten dies sofort: Tolstoi, der schon die »Erzählungen Belkins« jedem Schriftsteller zum intensiven Studium empfohlen hatte, pries »Pique Dame« als »Meisterwerk«, Dostojewski nannte sie einen »Gipfel artistischer Vollkommenheit« und ließ sich von Puschkins Hermann anregen zu seinen Helden

Alexej Iwanowitsch (»Der Spieler«, 1866) und Raskolnikow (»Schuld und Sühne«, 1866), ja er ließ den Ich-Erzähler des »Jünglings« (1875) über Hermann sagen: »Eine kolossale Figur, ein ungewöhnlicher, ganz und gar Petersburger Typ!«

Aber das Durchschnittspublikum ließ sich bestenfalls vom Geheimnisvollen fesseln. Um 1890 galt »Pique Dame« allgemein noch als ein eher schwaches Werk des Dichters Puschkin, so daß Peter Tschaikowski und sein Bruder Modest mit ihren für das Opernlibretto vorgenommenen radikalen Änderungen glaubten, ihre Vorlage verbessert zu haben (vgl. Kadja Grönke: Frauenschicksale in Čajkovskijs Puškin-Opern – Čajkovskij-Studien, Band 5, Verlag Schott, Mainz u. a. 2002).

Erst als die sogenannten Formalisten im ersten Viertel des 20. Jahrhunderts die Frage stellten, wie ein literarischer Text »gemacht« sei, begann man die außerordentliche Vielschichtigkeit und Komplexität von Puschkins Erzähltechnik zu entdecken und zu würdigen. Seither sind in Rußland und vor allem auch in Amerika zahlreiche Untersuchungen erschienen, die einzelnen Aspekten der Symbolik und Tiefenstruktur von »Pique Dame« gewidmet waren. So hat man Elemente von Zahlenmystik, kabbalistische Namens-Anagramme, Freimaurerisches, verborgene Hinweise auf das Dekabristenthema, ja Psychoanalyse ante litteram entdeckt oder nachzuweisen versucht. Das alles braucht der heutige, zumal der nichtrussische Leser nicht zu wissen, um von dieser Erzählung beeindruckt zu sein.

Im Rahmen der in diesem Bande versammelten Petersburger Erzählungen Puschkins bildet »Pique Dame« den Gipfel und Abschluß. Hier ist das Diabolische des »Einsamen Häuschens auf der Basilius-Insel«, das noch von Jacques Cazottes »Verliebtem Teufel« (1772) herstammte, eingemündet in einen phantastischen Realismus, der literarhistorisch zwischen E. T. A. Hoffmann und Stendhals »Le rouge et le noir« zu lokalisieren wäre und in den Anspielungen auf Gestalten und Ereignisse des 18. Jahrhunderts die irrationalen Gegenströme der französischen Aufklärung durchschimmern läßt.

S. 123 *Wenn es naß war und kalt...* Das (hier neu übersetzte) Motto des ersten Kapitels hat durch seine auffällige metrische und rhythmische Form die zeitgenössischen Leser an ein revolutionäres Kampflied des Dekabristen Rylejew (*1795) erinnert, der zusammen mit vier anderen »Rädelsführern« 1826 in Petersburg gehenkt wurde. – Eine schwer deutbare Parodie, die übrigens schon 1828, unabhängig von anderen Texten, entstand.

Mirandole spielen Spielen, ohne den ursprünglichen Einsatz zu erhöhen.

auf Route setzen Seinen Einsatz laufend verdoppeln.

S. 124 *Genieoffizier* Pionieroffizier

pointieren Gegen den Bankhalter spielen.

la Vénus moscovite Die Moskauer Venus

Richelieu Louis François Armand de Vignerot du Plessis, Herzog von Richelieu (1696–1788), französischer Marschall, Korrespondenzpartner Voltaires, in viele galante Abenteuer verwickelt, gilt als typischer Vertreter des aristokratischen ›libertin‹ des 18. Jahrhunderts.

Pharao Auch Pharo, ein Kartenglücksspiel.

Herzog von Orléans Philipp II. (1674–1723), nach dem Tod Ludwigs XIV. (1715) Regent für den unmündigen Ludwig XV.

S. 125 *Moskauer und Saratower Dörfer* Dörfer in den Gouvernements Moskau und Saratow, von deren Einkünften die Gräfin lebte.

Graf Saint-Germain († 1784), Abenteurer, der in den 50er Jahren des 18. Jahrhunderts in der Pariser vornehmen Gesellschaft von sich reden machte.

Casanova Giacomo Girolamo, Chevalier de Seingalt (1725–1798), italienischer Abenteurer und Schriftsteller, bekannt durch seine kulturhistorisch bedeutenden Memoiren (»Histoire de ma vie«, 6 Bände).

S. 126 *au jeu de la Reine* Zum Kartenspiel bei der Königin.

Sonika Karte, die auf Anhieb gewinnt.

S. 127 *Soritsch* Semjon Gawrilowitsch, einer der Favoriten Katharinas II., leidenschaftlicher Kartenspieler.

Paroli-pé biegen Den ursprünglichen Einsatz auf eine Karte vervierfachen.

S. 128 *Il paraît que monsieur...* Der Herr sind anscheinend ganz entschieden für die Kammerzofen. – Was wollen Sie, Madame? Die sind frischer.

grand'maman Großmutter

Bonjour, mademoiselle Lise Guten Tag, Fräulein Lisa.

S. 131 *Fremdes Brot schmeckt bitter, sagt Dante* Anspielung auf die Verse 58-59 im 17. Gesang des »Paradiso« in Dantes »Göttlicher Komödie«, wo dem Dichter seine Verbannung aus Florenz prophezeit wird.

S. 136 *Vous m'écrivez, mon ange...* Sie schreiben mir, mein Engel, vier Seiten lange Briefe schneller, als ich sie lesen kann.

S. 141 *Madame Lebrun* Elisabeth Louise Vigée-Lebrun (1755-1842)

Leroy Julien (1686-1759) oder sein Sohn Pierre (1717-1785), berühmte französische Uhrmacher.

Roulette Hier ein Spielzeug, ähnlich dem Jo-Jo: eine Scheibe, die sich an einer Schnur auf und ab bewegt.

Ballon der Brüder Montgolfier Erster Heißluftballon, der 1783 erstmals startete.

Mesmerscher Magnetismus Der Arzt Franz Anton Mesmer (1734-1815) stellte eine Theorie (Mesmerismus) auf von der heilenden Wirkung des tierischen Magnetismus, eines angeblich dem Menschen innewohnenden Fluidums. Seine hauptsächlich auf Suggestion beruhenden Erfolge in Paris und Wien erregten um 1800 die Gemüter.

S. 145 *Homme sans mœurs et sans religion!* Ein Mensch ohne Moral und ohne Religion.

S. 146 *oubli ou regret?* Wörtl.: vergessen oder Bedauern? – Mit dieser Frage wandten sich die Damen an einen Kavalier, wobei sie vorher bestimmt hatten, welches Wort welcher Dame gehört; hatte sich der Kavalier für ein Wort entschieden, mußte er mit der Dame tanzen, der das gewählte Wort gehörte.

S. 149 *Swedenborg* Emanuel von (1688-1772), schwedischer Naturforscher und Theosoph, gab nach zwei Christus-Visionen (1744/45) seine umfangreiche wissenschaftliche Tätigkeit auf und schuf eine Theorie der spirituellen Welt. Seine Anhänger gründeten in England und Amerika Gemeinden einer »Neuen Kirche«. Gegen ihn ist Kants Schrift »Träume eines Geistersehers« (1766) gerichtet.

S. 150 *une affectation* Eine Verstellung.

mitternächtiger Bräutigam Allegorische Bezeichnung für Jesus Christus aus dem Gleichnis von den klugen und den törichten Jungfrauen (Matthäus 25,1-13).

S. 153 *Attendez!* Warten Sie! Hier: Aufforderung an die Spieler, keine weiteren Karten zu besetzen.

S. 154 *Whist* Ein Kartenspiel, das im Gegensatz zum Pharao nicht zu den Glücksspielen gehört.

Taille Abschnitt beim Pharaospiel, innerhalb dessen der Bankhalter der Reihe nach alle Karten seines Spiels abwechselnd nach beiden Seiten aufdeckt, wobei Gewinn oder Verlust davon abhängt, ob die vom Pointierenden gesetzte Karte links oder rechts zu liegen kommt.

S. 155 *simple* Einfach; hier: der einfache Einsatz auf eine Karte.

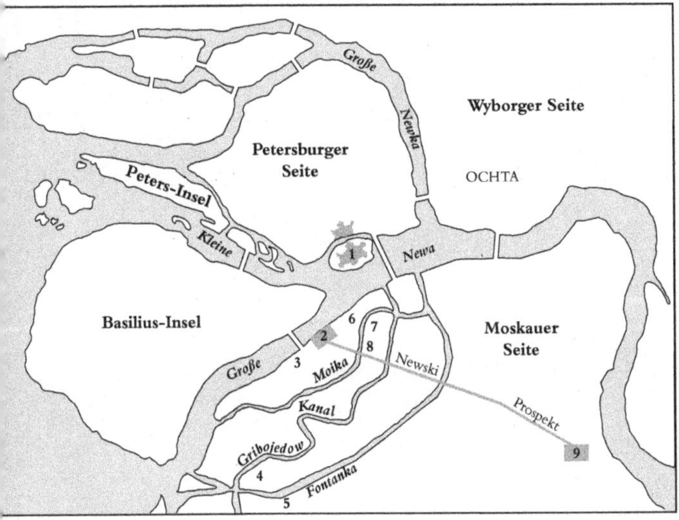

1 Peter-Pauls-Festung
2 Admiralität
3 Reiterdenkmal Peters d. Gr.
4 Kolómna
5 Ismailonisches Regiment
6 Winterpalais
7 Letzte Wohnung Puschkins
8 Hotel Demut
9 Alexander-Newski-Kloster

NACHWORT

Puschkins Petersburger Erzählungen

Von allen grundstürzenden Neuerungen Peters des Großen war die Gründung von St. Petersburg (1703) und seine Erhebung zur Hauptstadt des Russischen Reiches (1713) die spektakulärste und folgenreichste. Die Stadt wurde nicht nur »das Fenster nach Europa«, sondern auch das Tor, durch das Europa in Rußland Einzug hielt. Noch heute spürt man die Rivalität zwischen dem alten, autochthonen Moskau und dem neuen, ganz westlich geprägten Petersburg. Und es entbehrt nicht einer gewissen Ironie, daß ausgerechnet Lenin, der Adept einer westlichen Ideologie, die Hauptstadt nach Moskau zurückverlegte (1918) und damit das Tor nach Europa zuschlug und daß Petersburg ausgerechnet nach ihm in Leningrad umbenannt wurde (1924). Von derartigen Seltsamkeiten ist das Verhältnis der Russen zu Petersburg bis heute geprägt, ganz abgesehen von der Lage an der äußersten Peripherie des Landes und den klimatischen Unzuträglichkeiten. All das verleiht der Stadt an der Newa etwas Unwirkliches und Unwirtliches, Phantastisches und bisweilen Gespenstisches. Nicht umsonst schrieb Solschenizyn von ihr, sie sei »uns fremd – und doch unsre ruhmreichste Pracht!«.

So überrascht es nicht, wenn das Bild Petersburgs in der russischen Literatur ebendiese widersprüchlichen Züge aufweist. Man erinnert sich, daß etwa Dostojewskis »Arme Leute« (1846), »Schuld und Sühne« (1866) und »Der Idiot« (1868) in Petersburg spielen, ebenso wie Gogols »Porträt«, der »Newskij-Prospekt« (1835), die »Nase« (1836) und auch sein berühmter »Mantel« (1842), ganz zu schweigen von Andrej Belyjs Roman »Petersburg« (1912). Besonders mit den genannten Werken Gogols wird in der Literaturgeschichte der Begriff »Petersburger Erzählungen« verbunden. Aber wer würde in diesem Zusammenhang an Puschkin denken, den klassisch-klaren, den »slawischen Lateiner«, wie ihn Thomas Mann genannt und mit Goethe und Mozart verglichen hat?

Dabei ist Puschkin – wie bei allen anderen Themen und Formen der russischen Literatur – auch hier der erste. Er ist der erste, der einem seiner großartigsten und reifsten Werke, dem Poem »Der eherne Reiter« (1833), den Untertitel »Eine Petersburger Erzählung« gab. Und auch das erste und das letzte Kapitel seines Hauptwerks, des Versromans »Jewgeni Onegin«, spielt in der neuen Hauptstadt, von der der Autor sagt:

> Dort hab auch ich geliebt, gezecht,
> Nur mir bekommt der Norden schlecht.[1]

Das bezog sich auf seine Strafversetzung in die südlichen Provinzen wegen regimekritischer Verse. Und vor allem wegen dieser politischen Komponente war Puschkins Verhältnis zur Hauptstadt des Zarenreiches auch später, als er sich wieder dort aufhalten durfte (nach 1826), oftmals ambivalent, wie es in einem kleinen Gedicht aus dem Jahre 1828 in charmanter Weise zum Audruck kommt:

> Stadt des Prunkes, Stadt der Armen,
> Knechtssinn, Glanz, wohin man sieht.
> Himmel blaßgrün zum Erbarmen,
> Trübsal, Kälte und Granit.
> Trotzdem tut ihr mir ein bißchen

Leid, weil dort zuweilen gehn
Zwei entzückend kleine Füßchen,
Ein paar goldne Locken wehn.

Als aber sein polnischer Dichterfreund Adam Mickiewicz 1832 aus dem Exil Petersburg und seinen Gründer schmähte, reagierte Puschkin mit dem Huldigungshymnus in der Einleitung zum »Ehernen Reiter«.

Du, Peters Schöpfung, bist mir teuer[2]
...

Aber die Ambivalenz fehlt auch hier nicht, denn auf die Huldigung folgt der *traurige Bericht* von der großen Überschwemmung vom November 1824, der sich ausweitet zur tragischen Konfrontation von Staatsmacht und privatem Glück, einem Konflikt, der in Moskau so nicht darstellbar gewesen wäre.

Puschkin ist in Moskau geboren (1799), hat oft und lange in oder bei Petersburg gelebt (1811-20 und nach 1826) und ist dort 1837 nach einem Duell gestorben. Eines seiner letzten und reifsten Werke, der »Eherne Reiter«, ist ganz dem Thema und der Problematik Petersburgs gewidmet. Aber auch eine ganze Reihe anderer Werke ist mehr oder weniger eng mit dieser Stadt verknüpft. Diejenigen, in denen diese Verknüpfung wesentlich ist, sind in dem vorliegenden Band in der Reihenfolge ihrer Entstehung abgedruckt.

Am Anfang steht »Das einsame Häuschen auf der Basilius-Insel«, eine Geschichte, die Puschkin wohl 1828 einmal mündlich erzählt hatte und die dann von einem aufmerksamen Zuhörer aufgeschrieben und mit Puschkins Billigung veröffentlicht wurde. Die unheimliche Begebenheit enthält einige Details, die in späteren, von Puschkin selbst veröffentlichten Erzählungen wiederkehren. Dazu gehören das einzelne Häuschen am Stadtrand und seine Bewohner, die Witwe mit Tochter (und Köchin), dazu gehört die geheimnisvolle Gräfin, vor allem aber – in jeweils verschiedener Gestalt – die von außen in die Idylle einbrechende unberechenbare »dunkle« Macht, die den männlichen Protagonisten in Wahnsinn und Tod treibt. In der zeitlich frühesten Erzählung ist dies noch deutlich erkennbar ein Teufel, später, in den von Puschkin selbst publizierten Texten, wird solche Eindeutigkeit vermieden. Ja zunächst, im »Häuschen in Kolomna«, parodiert Puschkin das Sujet, indem er es in eine banale Anekdote verwandelt. Aber die Anekdote und die Parodie sind nicht das einzige Thema dieses in kunstvollen Oktavenstrophen verfaßten Poems. Es ist zugleich eine Zurückweisung des Ansinnens, den Sieg der russischen Waffen im Türkenkrieg (1828-29) zu besingen, und ein Plädoyer für die Freiheit des Dichters bei der Wahl seiner Themen.

Das »Häuschen in Kolomna« ist im gleichen Herbst 1830 in Boldino geschrieben wie die fünf »Erzählungen des verstorbenen I. P. Belkin« – Puschkins erste vollendete Prosatexte. Eine dieser Erzählungen, »Der Postmeister«, führt uns nach Petersburg in die »Stadt des Prunkes, Stadt der Armen«, wo sich das Schicksal des Postmeisters und das seiner Tochter erfüllen – als tragisches Mißverständnis, an dem wiederum die männliche Hauptfigur zugrunde geht.

Während die beiden letzten Texte dieses Bandes wieder in Boldino (im Herbst 1833) entstanden, ist das Fragment »Ägyptische Nächte« weder zeitlich noch örtlich festzulegen. Die hier abgedruckte Version ist 1835 erschienen und stellt das letzte Stadium der Arbeit Puschkins an dem Kleopatra-Thema dar, das ihn seit 1825 immer wieder beschäftigte und dessen letzte Fassung der von Dostojewski am häufigsten zitierte Puschkin-Text ist. Auch hier kommen, wie immer bei Puschkin, mehrere Themen zusammen: einmal die stark autobiographisch gefärbte Charakteristik des Dichters Tscharski, die übrigens auch im Herbst 1830 entstand, sodann die Figur des Improvisators, hinter der des öfteren Mickiewicz vermutet wurde, und die antike Anekdote des Aurelius Victor (4. Jahrhundert n. Chr.) über das angebliche Angebot der Kleopatra, eine Liebesnacht zu verkaufen um den Preis des Todes des Begünstigten.

Auch der »Eherne Reiter« nimmt einige Einzelheiten der früheren Petersburger Erzählungen wieder auf, es gibt das Häuschen mit seinen Bewohnern, nun wieder auf der Basilius-Insel, und es gibt den kleinen Beamten, der zugrunde geht. Es gibt das Thema des abgesunkenen alten Adels und der neuen Emporkömmlinge, aber all dies ist in den gewaltigen Zusammenhang der Stadt- und Reichsgründung einerseits und der verheerenden Naturgewalten anderersesits gestellt. Und es bleibt offen, wo die »dunklen« unheilvollen Mächte zu orten sind: in der Flutkatastrophe, in der gewalttätigen Persönlichkeit Peters oder da, wo Puschkin sie ausdrücklich nennt, im Aufbegehren Jewgenis, von dem es heißt:

> Als faßt' ihn *schwarzer Mächte Schauer,*
> Zischt er voll Zorn: »He, Städtebauer,
> Du Wundertäter, wart nur ab!«

Den Abschluß bildet die Prosa-Erzählung »Pique Dame«, die gleichzeitig mit dem »Ehernen Reiter« im Herbst 1833 in Boldino entstanden ist. Während aber die Vollkommenheit und Einmaligkeit der Verse des »Ehernen Reiters« naturgemäß nur von Muttersprachlern des Russischen angemessen gewürdigt werden konnten, fand die Prosa-Erzählung »Pique Dame« auch bei Nichtrussen hohe Anerkennung. So nennt nicht nur Dostojewski sie einen »Gipfel künstlerischer Vollendung«, auch André Gide formuliert: »Dies kurze Meisterwerk bietet ein hervorragendes Beispiel für Puschkins bewundernswerte poetische Qualitäten wie auch für seine Gabe, sich selbst zurückzunehmen.«

Dem deutschen Publikum sind von den hier versammelten Texten vor allem zwei bekannt, »Der Postmeister« und »Pique Dame«, und zwar als Bearbeitungen des Stoffes in anderen Kunstarten: durch die Verfilmung mit Heinrich George (1940) und die Oper von Peter Tschaikowski (1890). Die großartige schauspielerische Leistung und die wunderbare Musik lassen leicht vergessen, daß Film und Oper ihren eigenen Gesetzmäßigkeiten folgen und daher so wenig eine Vorstellung von Puschkins Texten vermitteln, wie man etwa aus Gounods Oper »Margarethe« eine Vorstellung von Goethes »Faust« bekommt. Wie weit und wie grundsätzlich sich Film und Oper von Puschkins Erzählungen entfernen, mag man allein daran ermessen, daß in beiden Fällen die *weiblichen* Protagonisten tragisch (durch Selbstmord) zu Tode kommen. Das ist gerade das alte sentimentalische Klischee von Karamsins »Armer Lisa« (1792), die sich, von ihrem Geliebten sitzengelassen, ertränkt – ein Klischee, das Puschkin im »Postmeister« parodiert hatte.

Die vorliegende, in dieser Form erstmalige Zusammenstellung von Puschkins Petersburger Erzählungen beruht auf verschiedenen Übersetzungen: »Das einsame Häuschen auf der Basilius-Insel« ist die verdienstvolle Erstübertragung dieses Textes durch Peter Urban, erschienen in der Friedenauer Presse Berlin, der für die Zustimmung zum Nachdruck gedankt sei: Aleksandr Puškin, Die Erzählungen. Aus dem Russischen von Peter Urban. Friedenauer Presse Katharina Wagenbach-Wolff, Berlin 1999. Die anderen Übersetzungen sind schon früher im Insel Verlag erschienen: »Das Häuschen in Kolomna«, übersetzt von Martin Remané, »Der

Postmeister« und »Pique Dame« von Alfred Pfeiffer, »Ägyptische Nächte« von Wolfgang E. Groeger, »Der eherne Reiter« von Rolf-Dietrich Keil. Alle Übersetzungen wurden durchgesehen und besonders die Anmerkungen und Erläuterungen überarbeitet oder neugeschrieben vom Herausgeber.

Rolf-Dietrich Keil

1 Alexander Puschkin, »Jewgeni Onegin«. Aus dem Russischen von Rolf-Dietrich Keil. Insel Verlag Frankfurt am Main und Leipzig 1999, S. 21.

2 Vgl. in diesem Band S. 104.

Russische Literatur im Insel Verlag
Eine Auswahl

Anna Achmatowa. Liebesgedichte. Übersetzt von Alexander Nitzberg. Ausgewählt von Olaf Irlenkäuser.
it 2946. 120 Seiten

Andrej Bitow. Puschkins Hase. Erzählungen. Übersetzt von Rosemarie Tietze. 160 Seiten. Gebunden

Fjodor Michailowitsch Dostojewski
Sämtliche Romane und Erzählungen. Übersetzt von Hermann Röhl.
- Band 5: Erniedrigte und Beleidigte. Ein Roman in vier Teilen. Mit einem Epilog. it 965. 484 Seiten
- Band 6: Aufzeichnungen aus einem Totenhause. it 966. 415 Seiten
- Band 8: Der Spieler. Aus den Aufzeichnungen eines jungen Mannes. it 968. 198 Seiten
- Band 9: Schuld und Sühne. Roman. it 969. 802 Seiten
- Band 10: Der Idiot. Roman. it 970. 951 Seiten
- Band 12: Die Teufel. Roman. it 972. 929 Seiten
- Band 13: Werdejahre. Roman. it 973. 801 Seiten
- Band 14: Die Brüder Karamasow. Roman. Dritter und vierter Teil. Zwei Bände. it 974. 1324 Seiten

Band 1, 2, 3, 4, 7, 11, 15 und 16 sind nicht mehr lieferbar.

Einzelausgaben
- Arme Leute. Roman. Übersetzt von Hermann Röhl. it 2146. 160 Seiten
- Der Doppelgänger. Ein Petersburger Poem. Übersetzt von Hermann Röhl. it 2885. 218 Seiten
- Der Großinquisitor. Übersetzt, mit Parallelstellen der Bibel und einem Nachwort versehen von Wolfgang Kasack. it 2940. 80 Seiten

NF 45/1/8.07

- Der Großinquisitor. Übertragen und mit einem Nachwort von Rudolf Kassner. IB 149. 44 Seiten
- Der Idiot. Übersetzt von Hermann Röhl. it 3503. 950 Seiten
- Der Jüngling. Übersetzt von Hermann Röhl.it 1890. 801 Seiten
- Schuld und Sühne. Übersetzt von Hermann Röhl. it 2961 und it 3513. 976 Seiten
- Die Sanfte. Eine phantastische Erzählung. Übersetzt von Wolfgang Kasack. it 1138. 88 Seiten
- Weiße Nächte. Eine Liebesgeschichte. Übersetzt von Hermann Röhl. it 2834. 120 Seiten

Dostojewski in Deutschland. Herausgegeben von Karla Hielscher. Mit zahlreichen Illustrationen. it 2576. 290 Seiten

Dostojewski in der Schweiz. Ein Reader. Herausgegeben von Ilma Rakusa unter Mitwirkung von Felix Philipp Ingold. Mit zahlreichen Fotografien. 348 Seiten. Leinen

Dostojewski. Leben und Werk. Von Wolfgang Kasack. Mit Abbildungen. it 2267. 160 Seiten

Nikolai Wassiljewitsch Gogol
- Aufzeichnungen eines Wahnsinnigen. Erzählungen. Übersetzt von Ruth Fritze-Hanschmann und Georg Schwarz. it 1513. 183 Seiten
- Der Mantel. Und andere Erzählungen. Übersetzt von Ruth Fritze-Hanschmann. Mit Illustrationen von András Karakas. Mit einem Nachwort von Eugen und Frank Häusler. it 241. 359 Seiten
- Die toten Seelen. Erzählung. Übersetzt von Hermann Röhl. it 987 und it 2966. 527 Seiten

Maxim Gorki. Der Landstreicher und andere Erzählungen. Übersetzt von Arthur Luther. Mit einer Einführung von Stefan Zweig und Illustrationen von András Karakas. it 2219. 310 Seiten

NF 45/2/8.07

Michail Lermontow. Ein Held unserer Zeit. Übersetzt von Günther Stein. it 2965. 209 Seiten

Wladimir Majakowski. Liebesgedichte. it 3347. 120 Seiten

Romola Nijinsky. Nijinsky. Der Gott des Tanzes. Mit einem Vorwort von Paul Claudel. Übersetzt von Hans Bütow. Mit zahlreichen Fotografien. it 566. 399 Seiten

Waslaw Nijinsky. Tagebücher. Die Tagebuchaufzeichnungen in der Originalfassung. Übersetzt von Alfred Frank. it 2249. 282 Seiten

Alexander Puschkin
- Der eherne Reiter. Eine Petersburger Erzählung. Mit Illustrationen von Alexander Benois. Übersetzt von Rolf-Dietrich Keil. it 2872. 200 Seiten
- Die Hauptmannstochter. Übersetzt von Arthur Luther. it 2967. 180 Seiten
- Jewgeni Onegin. Roman in Versen. Ausgewählt und übersetzt von Rolf-Dietrich Keil. it 2524. 270 Seiten
- Liebesgedichte. it 2968. 130 Seiten

Lew N. Tolstoj
Die großen Romane. Geschenkausgabe in sieben Bänden. Anna Karenina. Krieg und Frieden. Auferstehung. 3948 Seiten. Pappband mit Dekorüberzug im Schuber

Einzelausgaben
- Anna Karenina. Herausgegeben von Gisela Drohla. Übersetzt von Hermann Röhl. Mit Illustrationen von Theodor Eberle. it 308 und it 3507. 1216 Seiten
- Auferstehung. Roman. Übersetzt von Adolf Hess. Mit Illustrationen von Theodor Eberle. it 791. 629 Seiten
- Die großen Erzählungen. Mit einem Nachwort von

NF 45/3/8.07

Thomas Mann. Übersetzt von Arthur Luther und Rudolf Kassner. it 18. 323 Seiten

- Hadschi Murat. Eine Ezählung aus dem Land der Tschetschenen. Übersetzt von Arthur Luther. Mit einem Nachwort von Wolfgang Kasack. it 2709. 192 Seiten
- Kindheit. Knabenalter. Jünglingsjahre. Herausgegeben von Gisela Drohla. Übersetzt von Hermann Röhl. it 203. 436 Seiten
- Die Kosaken und andere Erzählungen. Herausgegeben von Gisela Drohla. it 1518. 478 Seiten
- Die Kreutzersonate. Erzählung. Übersetzt von Arthur Luther. Mit Illustrationen von Hugo Steiner-Prag. it 763. 176 Seiten
- Die Kreutzersonate. Erzählung. Übersetzt von Arthur Luther. it 2978. 180 Seiten
- Krieg und Frieden. Ein Roman in vier Teilen. Übersetzt von Hermann Röhl. Übertragung des zweiten Teils des Epilogs von Wolfgang Kasack. Mit Illustrationen von Theodor Eberle. Zwei Bände in Kassette. it 2757 und it 3307. 2112 Seiten
- Sämtliche Erzählungen. Fünf Bände in Kassette. Herausgegeben von Gisela Drohla. it 1252. 2352 Seiten
- Die schönsten Erzählungen. Übersetzt von Gisela Drohla, Alexander Eliasberg, Arthur Luther und Hermann Röhl. it 2790. 275 Seiten
- Der Tod des Iwan Iljitsch. Übersetzt von Gisela Drohla. Mit Illustrationen von Theodor Eberle. it 2427. 113 Seiten
- Wieviel Erde braucht der Mensch? Erzählungen und Legenden. Übersetzt von Alexander Eliasberg und Arthur Luther. it 1198. 151 Seiten

Anton Tschechow

- Die Dame mit dem Hündchen. Und andere Erzählungen. Mit Zeichnungen von András Karakas. Ausgewählt und mit einem Nachwort versehen von Werner Berthel. Übersetzt

NF 45/4/8.07

von Reinhold Trautmann. it 174. 388 Seiten
- Die großen Dramen. Übersetzt und bearbeitet von Thomas Brasch.. it 2989. 368 Seiten
- Der Kirschgarten. Übersetzt und bearbeitet von Thomas Brasch. it 1341. 94 Seiten

Iwan Turgenjew
- Erste Liebe. Und andere Novellen. Übersetzt von Ena von Baer und Ekkehard Jäkel. Mit einem Nachwort von Friedrich Schwarz. it 257. 343 Seiten
- Erste Liebe. Novellen. Übersetzt von Ena von Baer. it 2324. 140 Seiten
- Frühlingsfluten. Novelle. it 2604. 188 Seiten
- Väter und Söhne. it 64 und it 3512. 299 Seiten

Marina Zwetajewa. Liebesgedichte. Ausgewählt von Ilma Rakusa. it 3348. 120 Seiten

NF 45/5/8.07

»Österreich«
im insel taschenbuch
Eine Auswahl

Alt-Wiener Geschichten. Gesammelt von Joseph Peter Strelka. Mit sechs farbigen Abbildungen. it 784. 298 Seiten

Literarischer Führer Österreich. Von Wolfgang Straub. Mit Abbildungen, Karten und Register. it 3277. 228 Seiten

Wien – Eine Musikgeschichte. Von Henry-Louis de La Grange. Übersetzt von Christina Mansfeld. 600 Seiten. Leinen

Wien. Ein Reisebegleiter. Von Susanne Schaber. Mit farbigen Fotografien und Stadtplänen. it 3278. 272 Seiten

Wien im Gedicht. Herausgegeben von Gerhard C. Krischker. it 1488. 177 Seiten

Wiener Adressen. Ein kulturhistorischer Wegweiser mit Straßenplänen und Fotos von Dietmar Grieser.
it 1203. 217 Seiten

Das Wiener Kaffeehaus. Mit zahlreichen Abbildungen und Hinweisen auf Wiener Kaffeehäuser. Herausgegeben von Kurt-Jürgen Heering. it 1318. 318 Seiten

Dietmar Grieser
- Alle Wege führen nach Wien. Abenteuer eines Literaturtouristen. it 2543. 255 Seiten
- Im Rosengarten. Eine literarische Spurensuche in Südtirol. Mit zahlreichen Abbildungen. it 2509. 245 Seiten
- Nachsommertraum im Salzkammergut. Eine literarische Spurensuche. Mit Abbildungen. it 1848. 262 Seiten

NF 63/1/9.07

- Pinocchio, Pumuckl und Peter Pan. Kinderbuchfiguren und ihre Vorbilder. it 2928. 244 Seiten
- Sie haben wirklich gelebt. Literarische Figuren und ihre Vorbilder. it 2938. 338 Seiten

Hugo von Hofmannsthal
- Brief des Lord Chandos und andere poetologische Schriften. Herausgegeben von Hansgeorg Schmidt-Bergmann. it 2659. 320 Seiten
- Die Erzählungen. Herausgegeben von Hansgeorg Schmidt-Bergmann. it 2622. 400 Seiten
- Gedichte. IB 461. 79 Seiten
- Die Gedichte. Herausgegeben von Hansgeorg Schmidt-Bergmann. it 2623. 272 Seiten
- Jedermann. Das Spiel vom Sterben des reichen Mannes. Mit einem Nachwort von Joachim Seng. it 3113. 134 Seiten
- Der Tor und der Tod. IB 28. 31 Seiten

Karl Kraus
- Die chinesische Mauer. Mit Illustrationen von Oskar Kokoschka. Herausgegeben von Friedrich Pfäfflin. IB 1199. 69 Seiten
- Karl Kraus für Gestreßte. Ausgewählt von Christian Wagenknecht. it 2190. 139 Seiten
- Lob der verkehrten Lebensweise. Satiren. Ausgewählt von Christian Wagenknecht. 240 Seiten. Leinen

Nikolaus Lenau
- Gedichte. Herausgegeben von Hansgeorg Schmidt-Bergmann. it 1986. 328 Seiten
- Liebesgedichte. Ausgewählt von Wilfrid Lutz. it 2838. 132 Seiten

Alexander Lernet-Holenia
- Der Baron Bagge. Eine Novelle. Mit einem Nachwort von Rüdiger Görner. it 2736. 128 Seiten

NF 63/2/9.07

- Mars im Widder. Roman. Mit einem Nachwort von Rüdiger Görner. it 2799. 230 Seiten
- Die Standarte. Roman. Mit einem Nachwort von Rüdiger Görner. it 2848. 381 Seiten
- Ein Traum in Rot. Roman. Mit einem Nachwort von Rüdiger Görner. it 2719. 208 Seiten

Johann Nestroy. Komödien. Mit einem Vorwort von Siegfried Diehl. it 1742. 427 Seiten

Arthur Schnitzler
- Fräulein Else. Leutnant Gustl. Andreas Thameyers letzter Brief. Herausgegeben von Hansgeorg Schmidt-Bergmann. it 2802. 157 Seiten
- Frauengeschichten. Herausgegeben von Hansgeorg Schmidt-Bergmann. it 2804. 344 Seiten
- Reigen. Komödie in zehn Dialogen. Herausgegeben von Hansgeorg Schmidt-Bergmann. it 2820. 117 Seiten
- Der Weg ins Freie. Roman. Herausgegeben von Hansgeorg Schmidt-Bergmann. it 2794. 463 Seiten

Adalbert Stifter
- Bergkristall. Mit einem Nachwort von Joseph Vilsmaier und farbigen Fotos aus dem Film. it 3069. 91 Seiten
- Bergkristall. Und andere Erzählungen. it 438. 326 Seiten
- Die kleinen Dinge schreien drein. 59 Briefe. Ausgewählt und herausgegeben von Werner Welzig. 231 Seiten. Leinen
- Der Nachsommer. Mit einem Essay von Hugo von Hofmannsthal. it 653. 801 Seiten
- Nachkommenschaften. Eine Erzählung. Großdruck. it 2415. 120 Seiten

Stefan Zweig
- Die Augen des ewigen Bruders. Eine Legende. IB 349. 61 Seiten

NF 63/3/9.07

- Brasilien. Ein Land der Zukunft. Mit einem Nachwort von Volker Michels. Mit zahlreichen farbigen Abbildungen auf Tafeln. it 1889. 302 Seiten
- Sternstunden der Menschheit. Fünf historische Miniaturen. IB 165. 79 Seiten

Stefan Zweig. Leben und Werk im Bild. Herausgegeben von Donald A. Prater und Volker Michels. it 3213. 362 Seiten

Für Liebhaber des boshaften Humors

- Bernhard für Boshafte. Ausgewählt von Raimund Fellinger. it 3224. 120 Seiten
- Horváth für Boshafte. it 3276. 120 Seiten
- Karl Kraus für Boshafte. Ausgewählt von Christine M. Kaiser. it 3240. 112 Seiten
- Nestroy für Boshafte. Ausgewählt von Peter Cardorff. it 3310. 120 Seiten

NF 63/4/9.07